Maison Arkonak Rhugen 3

Les Lions de Kiiv

Auteur : Richardt Guitterzzi

Chapitre 1

Orion

«Je n'ai pas échoué.
Je viens de découvrir 10 000 façons qui ne fonctionnent pas.»

Thomas Alva Edison, inventeur américain.

--- Nous avons reçu un message de Matrix. --- Dit le Commandant Rodolfo Azteca.– Ils veulent une visioconférence avec nous. Je pense que nous avons des nouvelles après notre reportage.

--- Je sais que j'ai un peu exagéré. Mais je ne regrette rien. Si tu veux, je vais tout répéter. Mot par mot. Je ne pensais pas que tu me soutiendrais. Tu es toujours si prudent...

--- Tout ce que vous avez dit était vrai, Sonja. Comment allais-je nier les faits? Je n'ai pu que confirmer et signer ci-dessous. Et puis, on a déjà pris un chemin sans retour, à partir de maintenant, c'est tout ou rien.

--- Nous et les filles sommes des militaires. Nous irons certainement en Cour Martiale.

--- Afin d'être jugés, nous devons d'abord sortir vivants de cette Terre.

--- Pensez-vous qu'ils peuvent nous abandonner ici?

--- Après notre reportage, je n'ai plus de doutes.

--- Nous sommes dans une impasse, Roy. Une visioconférence? À qui vas-tu parler?

--- Je viens, non. Ils veulent la présence de toute l'équipe.

--- Toute l'équipe? Comment allons-nous déjouer Sabrina?

--- Elle participera également. Ils veulent rencontrer le débutant Earthling.

--- Sont-ils devenus fous? Elle n'est pas prête! Dans les maisons où elle travaillait, elle n'avait même pas le droit d'utiliser le téléphone! Comment vais-je expliquer à une fille de 1915 ce qu'est une visioconférence interplanétaire?

--- J'espère que vous le pouvez, Sonja. Car elle devra participer. Et si, plus tard, elle raconte à quelqu'un qu'elle a eu une visioconférence avec des extraterrestres...

--- Hospice et asile. Déjà compris. Quand sera?

--- J'ai réussi à le programmer pour ce soir. A 2 heures du matin, dans le cellier.

--- Bien choisi. Si quelqu'un se met à crier, on peut renverser des caisses,pour étouffer le son. Boîtes vides, bien sûr.

--- S'il faut expliquer ce qu'est la visioconférence aux gens de 1915, il vaut mieux dire qu'on s'est saoulé, en buvant du parfum.

--- Ce n'est même pas boire de la nitroglycérine et manger de la poudre à canon, Roy.
XXXXXXXXXXXXXXXXXXXXXXXXXXXXXXXXXXXXXXXXXXXX

--- Sommes-nous tous là ? Déjà installé dans vos fauteuils? Sabrina, es-tu prête?
--- Je suis prêt. La comtesse me l'a déjà expliqué. C'est comme une star de cinéma qui
parle au public à travers la caméra.
--- C'est presque ça. Nous sommes déjà à l'heure. Je vais allumer l'appareil.
       Rodolfo a allumé l'appareil. Après quelques secondes d'interférences
électromagnétiques, l'appelant est apparu. La surprise était totale, pour tout le monde.
Pour Sabrina, la qualité de l'image couleur était inimaginable par rapport aux films
muets en noir et blanc. S'il n'y avait pas la taille de l'écran de 15 pouces de l'appareil,
vous pourriez inviter l'agent d'écran à prendre une glace ensemble.Le Commandant,sur
l'écran, semblait être devant lui.
       Pour le reste de l'équipe, le personnage qui a émergé portait un message clair
de danger.
--- Commandant Sanders. – Azteca a dit, se levant et saluant, accompagné de Sonja,
Kelly et Jill.
--- C'est bon de voir que vous savez encore comment saluer. Et maintenant, je suis le
Contre-Amiral Sanders, j'ai été promu il y a une vingtaine de minutes, grâce à vous.
       Sanders regarda le groupe d'Arkonaks. Il consulta quelques notes qu'il avait
entre les mains et dit:
--- En plus d'un morceau d'étain, on m'a également confié la mission de vous sauver,
Arkonak et les antidotes, de cette montagne de merde dans laquelle vous vous êtes
enterrés. Alors sautons les "félicitations", et allons droit au but. À partir de maintenant,
appelez-moi simplement "Orion". Je suis le nouveau commandant de cette montagne
de merde.
--- Qu'est-il arrivé à l'ancien "Orion"? – Demanda Azteca.
--- Grâce à votre beau reportage, il a dû démissionner. Par solidarité, toute son équipe
l'a suivi. Personne ici ne veut même se rappeler que vous existez. Si votre mission
n'était pas si importante, vous pourriez tous aller en enfer. Personne ne voulait être
"Orion". Pour me promouvoir, imaginez à quel point le ministère est désespéré.
       Chayse tapota le bout de sa canne sur le sol.
--- Eh bien, je pense qu'ils ont fait un choix brillant. Vous êtes l'homme de ce poste
depuis toujours, Contre-Amiral Olavo Sanders. Ou "Orion", comme vous préférez.
       Il y eut un silence. Lourd comme la pierre.
       Olavo Sanders était un gars avec peu d'amis, à la peau épaisse et au franc-
parler. Il avait un dossier très volumineux d'insubordination et d'arrestations
disciplinaires. Personne ne l'a invité à des fêtes, des réceptions et des événements
sociaux.
       Mais professionnellement, il était d'une efficacité redoutable. La
personnification du soldat de première ligne. Dur, brut, prêt à tuer ou à être tué pour
remplir sa mission. Lui-même a reconnu qu'il n'était pas un bon stratège. Sa technique
favorite, si on pouvait l'appeler ainsi, de frapper de plein fouet, contre tout et contre
tout le monde, même les supérieurs, lui avait déjà causé bien des ennuis.
       Au sein de la flotte, il était détesté par ses supérieurs et adoré par les soldats.
Il était le pompier des sauvetages impossibles, qui n'était appelé que lorsque plus de la
moitié étaient déjà en cendres.
       Imaginez la surprise de l'équipe Arkonak, de voir que tous les planificateurs
originaux de la mission avaient été disculpés et qu'ils avaient dû promouvoir Sander au
rang de Contre-Amiral pour qu'il accepte un poste dont personne ne voulait.
       Même lui ne pouvait pas croire qu'il était assis dans le fauteuil "Orion" (nom

de code du Commandant Exécutif de l'Opération Arkonak).

Quand il a lu le rapport de Rodolfo Azteca,et qu'il a vu qu'il allait devoir diriger cette « montagne de merde », il a failli faire une dépression nerveuse.

Mais après la surprise initiale, l'expression de la «Famille Arkonak» s'est calmée. S'il y avait un "Orion" en qui ils pouvaient avoir confiance pour les sortir des ennuis, cet homme s'appelait Olavo Sanders.

Personnellement, Sanders les détestait tous, chaque membre, individuellement, chacun pour une raison particulière. Et toute l'équipe, collectivement, encore plus.

Pour Sanders, c'était le cirque le plus ridicule qui ait jamais été sur un navire militaire.

Mais sortir les idiots des ennuis était ce qu'il faisait le mieux.

Et je devais admettre que les confusions de la famille Arkonak étaient très inhabituelles. Les Arkonaks étaient un formidable défi,même pour lui.Et Sanders n'était pas homme à éviter les défis.

C'était un cas classique d'attirance des contraires.

--- Commandant Azteca,j'ai lu votre rapport et j'ai vu vos fichiers. - "Orion"commença, détournant les yeux d'eux. Je ne pouvais même pas les regarder, j'étais tellement en colère. Je préfère regarder vos notes. ---- Alors commençons. Corrigez-vous si mes notes sont erronées.

Il semblait se concentrer sur les disques qu'il avait sous la main.

--- Commandant du Croiseur Rodolfo Adler Azteca.Vous venez de Planet Vega Centaur. Il a eu une course très régulière, jusqu'à atteindre le Candidat à Officier.Il a été envoyé pour un échange étudiant sur la Planète Vorskhotcha, où il a rencontré le Major Sonja Narodja, à l'époque, également Aspirant. Après son retour, il a continué jusqu'à ce qu'il atteigne le grade de Capitaine. Puis il a abandonné sa carrière et est allé à la Réserve. Dans la vie civile, il devient propriétaire d'un navire de transport. Lorsque la guerre éclate, il est rappelé et devient un héros de guerre.

"Orion" a cherché d'autres notes.

---Tu es devenu une sorte de "Propaganda Boy" pour l'effort de guerre, prenant des photos e embrassant de petits enfants.Il semble que la Famille Azteca ait de nombreux amis influents dans les hautes sphères. Lorsque surgit la mission de retourner sur la Planète Terre, et de chercher un antidote aux gaz toxiques, son expérience civile, en tant que voyageur mercenaire, aventurier sans patron, pesa en sa faveur. Ils pensent que vous avez de l'initiative.

"Orion" lut un peu, et continua:

--- On vous a confié le commandement d'une frégate, appelée Arkonak. Un navire de 29 000 tonnes, 171 mètres de long, 23 mètres de large. A ailes rétractables, à géométrie variable, atteignant une envergure allant jusqu'à 150 mètres. Son équipage, à son départ, était composé de 3500 androïdes et de 8 humains.

--- Androïdes? Qu'est-ce que c'est? - Demanda doucement Sabrina.

--- Robots à l'apparence humaine. Avez-vous déjà pensé si nous devions nourrir 3500 personnes de plus? – Jill a répondu.

"Orion" fit semblant de ne pas entendre la conversation en arrière-plan et continua:

--- Le Commandant en second est le Major Sonja Demetryieva Narodja, alias l'Agent Vulpine, de l'OKHRANA, les Services Secrets de Vorskhotcha. A ses heures perdues,elle se présente comme Comtesse, car elle est l'héritière d'une ancienne famille de la noblesse vorkotti, qui détenait ce titre avant la Révolution. Je dois vous rappeler que la Fédération est une République,et que votre rang officiel à bord du vaisseau est celui de Major, pas de Comtesse.

--- Je sais. Mais sur la Planète Terre en 1915, être Comtesse est un bien meilleur déguisement. Expliquer une Major féminine serait difficile. – Sonja a répondu.

"Orion" hocha la tête. Qui avait le choix? L'agent d'infiltration, c'était elle.

--- Passons à autre chose. Vous avez rencontré le Commandant Azteca à l'Académie Militaire de Vorskhotcha alors qu'ils étaient tous les deux Aspirants,lui étant u étudiant d'échange. Toujours à cette époque, la dame a commencé sa carrière d'espionne. Agent de terrain pendant plus de 10 ans, jusqu'au renversement de la Monarchie de Vorkotti par la Révolution, après une évasion spectaculaire de Vorskhotcha, prise par les révolutionnaires, il s'installe à Vega – Centauro, aux côtés du Commandant Azteca.

"Orion" via plus d'annotations.

--- Vous êtes devenu Consultant en Contre-Espionnage pour les Services Secrets Veganeses. Elle a été choisie pour cette mission car, en plus d'être l'épouse du Commandant, elle est également reconnue pour ses capacités tactiques. C'est vous qui avez personnellement choisi les deux autres soldats du groupe. Lieutenants Jill Dashin et Kelly Falsborg de l'Armée de la Planète Polaris.

--- Êtes-vous deux Lieutenants? - Sabrina était émerveillée, se tournant vers ses amis.

Tout le monde regarda son visage étonné. Ce fut «Orion» qui parla, avec une expression ironique.

--- Est-ce juste moi, ou le terrien débutant ne savait-il rien de tout cela?

--- Désolé, Amiral Orion, c'est juste que, ici sur Terre, les femmes ne sortent même pas dans la rue, sans la permission de leur père ou de leur mari. Beaucoup moins, ils ont vu des Lieutenants et des Majors de la Marine.

--- Nous n'avons pas de Marine ici, Mademoiselle. Nos vaisseaux spatiaux voyagent dans l'Espace.

--- Et vos vaisseaux spatiaux ont-ils de la glace? – Demanda Sabrina, avec un visage désintéressé.

Tout le monde a fait un énorme effort pour ne pas rire. Maintenant, Sanders savait ce que c'était que d'être le patron d'un subordonné débauché. Il goûtait son propre poison.

--- Après tout, pouvons-nous continuer, ou non? - Il a dit, avec un visage laid.

--- Nous pouvons. - Dit Roy.

--- Lieutenants Dalshin et Falsborg. Filles, nièces et sœurs de militaires, appelées « Sœurs Siamoises», elles ont été recrutées par le Major Narodja, et entraînées pour cette mission. Il y avait un autre soldat à bord. Major Wilfrid Blum.Que lui est-il arrivé?

--- Je l'ai tué. - Répondit Azteca, sans altérer un seul muscle du visage.

--- Le Seigneur l'a déjà expliqué dans votre rapport. Passons maintenant aux civils. Il y avait deux civils à bord. Un ancien Capitaine de la Police de Vegas, l'Inspecteur Alfred Menzo Chayse; et un Professeur d'Art, ancien Conservateur du Musée Vandarkia, le Professeur Reinhardt Stephan Kracory.

--- Corriger.

--- Quant à la Terrienne qui aime les glaces, vous l'avez recrutée là-bas, sur place. C'est une civile, autodidacte en Botanique et en Parfumerie, dont le seul fait pertinent est qu'elle a mis le feu à sa propre maison, et a été expulsée de son pays, le Brésil, par sa propre mère, qui ne voulait pas la voir arrêtée.

--- Corriger.

--- Si j'ai bien compris, elle est au labo, en remplacement du Major Blum,qui avait plus de vingt diplômes en Chimie et Biologie, et que vous avez tué pendant votre voyage.
--- Corriger.
--- Merveilleux!J'ai toujours voulu être propriétaire d'un cirque mambembe.Partez dans l'Espace avec une troupe de clowns! Passons maintenant à la mission.Quels étaient vos ordres, exactement, Commandant Azteca?
--- On m'a dit que ce serait une mission relativement simple. Comme vous l'avez vous-même rappelé, j'étais un garçon d'affiche, qui embrassait de petits enfants. En fait, j'ai une certaine expérience de la navigation improvisée de mes jours civils. Mais, franchement, je pense que savoir embrasser des petits enfants était un critère qui a plus pesé dans mon choix que mes mérites militaires.
--- Ce qu'il voulait dire,c'est que tout cela n'était qu'une grosse blague,depuis le début.
--- J'ai très bien compris ce qu'il voulait dire, Major Narodja. Retenez-vous. Continuez, Commandant.
--- Fondamentalement, un stratagème de marketing politique. Le héros de guerre, Propaganda Boy, est retourné sur la Planète Terre,a pris l'antidote et est revenu,encore plus héroïque. Trop facile pour être vrai. J'aurais dû m'en douter. Je n'ai été consulté sur absolument rien concernant la mission. Pour eux, j'étais une marionnette, pas un Commandant.
--- Était-ce le plan? Arriver sur Terre, prendre l'antidote et revenir embrasser les petits enfants? C'est simple?
--- C'est simple.
--- Et qu'est-ce qui n'allait pas?
--- Tout a mal commencé, depuis le début. Je n'ai pas pu participer aux préparatifs de la mission. Pendant que le navire et son équipage androïde étaient programmés, je voyageais à travers Vega-Centauro, diverti par des événements de propagande. Même pour amener cette équipe humaine avec moi, il a fallu beaucoup de conversations, principalement à propos de la nourriture et de l'hébergement pour les humains. Franchement, l'Amirauté voulait réduire au minimum la présence humaine à bord de l'Arkonak. Ils pensaient vraiment que les androïdes pouvaient tout résoudre.
--- En fin de compte, vous êtes parti,avec 8 humains et 3500 androïdes. Vous avez fait le rapport de voyage, mais je veux avoir de vos nouvelles, Commandant Azteca.
--- Les ordinateurs du vaisseau spatial et les androïdes étaient déjà programmés. Il me suffisait d'appuyer sur le bouton "Start Systems" et c'était tout: la commande automatique embarquée ferait le reste. J'avais une "Lettre de Prix", un message top secret de l'ancien "Orion". Il ne devrait être ouvert que peu de temps avant d'entrer dans la stratosphère de la Planète Terre.
--- Vous avez dit dans votre rapport que ce n'est qu'e lisant le message que vous avez compris que votre mission était suicidaire et irréalisable Quel était le message dans la lettre?
--- Jusque-là, j'allais bien, pensant que l'Amirauté savait où se trouvait l'antidote. C'est ce que j'ai compris quand ils ont dit que c'était juste «allez sur Terre, prenez l'antidote et revenez». Ce n'est qu'en lisant la lettre que j'ai vu que c'était de la folie totale.
--- Et quels étaient ces ordres fous qui vous ont fait préférer la Cour Martiale?
--- Il disait que, dans la guerre entre les terriens, il y avait 4 capitales principales: Londres et Paris,d'un côté, Berlin et Vienne,de l'autre. Je devrais en choisir un,envahir. Je devrais emmener Arkonak dans la capitale choisie, l'attaquer avec des canons laser et débarquer les androïdes. Là, nous asservirions la population terrienne locale, nous

présentant comme des dieux. Ensuite, nous forcerions les Terriens à chercher les antidotes pour nous. Si besoin était, nous pulvériserions nous-mêmes la ville avec des gaz toxiques, pour les maîtriser.

Il y eut un silence. Sabrina était sous le choc.

--- Votre plan était d'asservir les habitants de Vienne? La ville de mes parents?

Sonja se tourna vers elle et hocha la tête.

--- Je parie que même votre patron de Âge de la Pierre Taillée n'avait pas un tel plan.

Même "Orion" était sous le choc. Il avait pris trop de commandes idiotes au cours de sa carrière. Mais celui-là a établi un nouveau record

--- Et ce qui est arrivé? – Il a finalement demandé.

--- Lorsque les ordres ont été publiés,le Major Blum a montré ses véritables intentions. Il avait déjà violé le message et il était au courant des ordres avant nous. Il n'avait jamais eu l'intention de chercher des antidotes, il aimait beaucoup plus fabriquer des gaz toxiques. Et j'aimais aussi l'idée de devenir "dieu" et d'asservir les villes.Nous nous sommes battus et je l'ai tué à mains nues.

--- C'était de la légitime défense. – Dit Sonja. – Nous sommes tous vos témoins.

--- Moi, surtout. – Terminé Chayse. - Je n'ai pas vu le combat, mais j'ai alerté le Commandant, quand Blum a essayé de l'attaquer par derrière, avec une seringue empoisonnée.

--- Ça devrait être. Dans le rapport, vous dites que vous avez enfoncé la seringue dans la gorge de Blum et qu'il est mort sur le coup. Et puis?

--- Nous n'étions pas en mesure d'envahir quoi que ce soit, encore moins d'asservir qui que ce soit. Tout cela n'était qu'un suicide et, en pratique, nous n'avions aucun plan. Alors on a commencé à improviser. Nous avions besoin de gagner du temps et d'attirer le moins d'attention possible jusqu'à ce que nous puissions penser à quelque chose.

--- Puis les improvisations ont commencé. Hé bien. - Il a écrit "Orion". - Qu'ont-ils fait?

--- J'ai choisi Londres, mais j'ai réussi à changer les coordonnées, pour plonger au fond de la Mer du Nord. C'était le seul endroit où nous pouvions cacher un vaisseau spatial qui faisait près de 200 mètres.

Sonja est intervenue.

--- Mais nous ne pouvions pas être enfermés à Arkonak, à plus de 100 mètres de profondeur.Nous entrâmes dans le mini-sous e approchâmes des Côtes Anglaises.Nous avions besoin de vêtements terriens et de quelques déguisements.

--- Nous avons donc eu de la chance. Nous avons vu un vieux bateau,toujours propulsé à la voile et au charbon. Il quittait la Côte Anglaise.Ce doivent être des contrebandiers.

--- Nous nous approchons du bateau, lançons des bombes fumigènes à bord, pour simuler un incendie. Et l'équipage a sauté par-dessus bord.

--- Puis nous prenons les commandes du bateau et filons à toute vitesse vers le Port d'Amsterdam qui est neutre.

"Orion" rit.

--- Bien commencé. Voler un navire.

--- Techniquement, nous l'avons trouvé abandonné. Et, selon les Lois de la Mer, quiconque trouve un navire abandonné en haute mer en est propriétaire. Nous ne les avons pas fait sauter par-dessus bord,ils auraient pu rester et découvrir que c'était une ruse.

--- Ce n'est que lorsque nous avons inspecté le navire que nous avons découvert que la cargaison était constituée de parfums orientaux,de plantes aromatiques et de meubles. Il y avait aussi des vêtements et beaucoup de bibelots.

--- Nous avons vendu quelques trucs, économisé de l'argent et loué le bâtiment, nous avons créé la Maison Arkonak Rhugen, et nous y sommes.

--- C'est pourquoi ils ont ouvert la parfumerie. C'était la cargaison d'un navire capturé. - Dit "Orion", avec une expression amusée.

--- Au milieu de la nuit, en haute mer, on ne peut pas choisir grand-chose. – Dit Sonja.

--- Non bien sûr que non. Qu'ont-ils fait du bateau?

--- Après avoir amené la cargaison au bâtiment, nous l'avons emmenée en haute mer et l'avons coulée. Aucun indice.

Rodolfo Azteca regarda son supérieur.

--- Commandant "Orion", j'ai pleinement conscience que nous avons enfreint une multitude de règles et j'assume pleinement toutes les responsabilités de mon commandement. Mais avant que nous n'ayons à répondre de quoi que ce soit, ma priorité, Numéro 1, était de préserver la sécurité de mon équipe. Je ne pouvais pas les emmener à Hyde Park et les laisser se faire lyncher par les habitants de Londres. Pour découvrir un antidote, nous devons d'abord rester en vie. Si nous sommes découverts et déportés pour espionnage, aucun autre pays neutre ne nous recevra. Et dans n'importe quel pays en guerre, nous pouvons être fusillés pour espionnage. Être au service d'une fédération intergalactique ne semble pas être un bon facteur atténuant.

--- C'est-à-dire si les terriens croient aux extraterrestres. Sinon… - A ajouté Chayse.

--- … Hospice et Asile. – Sonja a déduit.

--- Donc c'est. – Chayse a conclu.

--- C'est la situation, Commandant "Orion". Je ferai tout ce qu'il faut pour trouver l'antidote et préserver mon équipe. Et je répondrai de tous les actes accomplis. Mais seulement quand et si nous revenons. – Fini Rodolfo Azteca.

Sabrina est intervenue, avant qu'"Orion" ne puisse répondre.

--- Excusez-moi, je ne suis qu'un débutant terrien, et je suis un peu confus. Vous vous êtes entraîné pour jouer un Commandant, une Comtesse, etc.

--- Programmation neuro-linguistique. Corriger.

--- Cette. Vous seriez comme des acteurs, jouant des personnages.

--- Corriger.

--- Et maintenant, je découvre que vous êtes vraiment un Commandant, une Comtesse et tout. Je n'ai pas compris. Êtes-vous ou n'êtes-vous pas?

--- La neurolinguistique ne crée rien, ni ne vous donne rien que vous n'ayez déjà. Cela vous aide simplement à découvrir ce que vous avez déjà. C'est comme si vous aviez déjà un puzzle, avec toutes les pièces détachées, et la neurolinguistique vous aide à les mettre en ordre.

--- C'est pourquoi u Commandant Veganese peut se faire passer pour un Commandant Américain,une Comtesse Vorkotti peut se faire passer pour une Comtesse Russe.Le Flic veganese peut dire qu'il vient de New York.

--- Un Professeur Vandarkien pourrait passer pour un Suisse, et deux Lieutenants Polarianes pourraient être des Afro-Canadiens.

--- Toutes des demi-vérités, qui peuvent être convaincantes.

--- Et des demi-mensonges, qui peuvent être découverts. C'est comme si moi, étant du Brésil, je racontais ma véritable histoire, mais comme si j'étais du Portugal. Je pourrais être convaincant. Mais si quelqu'un devait vérifier ma vie au Portugal, personne là-bas ne m'a jamais vu.

«Orion» les écoutait, évitant de les regarder dans les yeux. En résumé, après tout.

--- Donc, votre mission était de descendre avec le navire au milieu d'une grande ville et d'asservir des millions de personnes.

            Kracory est intervenu.

--- Pouvez-vous imaginer à quel point c'est merveilleux? Une bande d'idiots encerclés sur une place, essayant de conquérir le monde?

--- Le nom de cette opération? – Demanda Sabrina.

--- Sans nom. Probablement "Opération Lynchage D'Idiots". – Sonja a répondu.

--- Qu'en est-il du Capitaine Allemand, Kausk ? – Demanda «Orion».--- Comment savaient-ils qu'un agent des Services Secrets Allemands arriverait au Consulat cette nuit-là avec pour mission d'enquêter sur eux?

--- C'était la déduction logique.Les "Anecdotes du Pêcheur",publiées dans des journaux hollandais, parlant de navires extraterrestres, tombant la nuit en Mer du Nord,ont servi d'avertissement. Il était clair que plusieurs témoins nous avaient vus lors de l'atterrissage.

--- Les Anglais pensaient qu'il s'agissait d'un Zeppelin, un dirigeable allemand, perdu, tombant à la mer.Nous savions qu'ils continueraient à chercher sur le site.Mais ils n'ont pas l'équipement de recherche pour localiser Arkonak. Ils ne nous ont pas inquiétés.

--- Mais les Allemands savaient que ce n'était pas l'un des leurs. Et le culte des adorateurs extraterrestres, les Vrils, ou Vin-Yas, a un public très influent en Allemagne. Les rumeurs sur les extraterrestres finiraient par attirer les Allemands.

--- Nous surveillions donc leur fréquence radio. Au cas où.

--- Lorsque le Colonel Nicolai,Chef des Services Secrets Allemands,a envoyé u message de Berlin, informant le Consulat Allemand à Amsterdam qu'il envoyait un agent de Belgique, nous avons décidé de l'attendre.

--- Grâce au business de la parfumerie, nous rencontrons beaucoup de monde.Certains de Belgique. Certains de la Résistance Belge.

--- Il n'a pas été difficile d'obtenir le dossier complet de Kausk. Les monstres psychopathes deviennent rapidement célèbres.

--- Nous sommes allés au Consulat,attendant de voir qui enverrait Berlin,et devinez qui était là? C'est exact. Kausk. Ponctuel comme une horloge.

--- Le reste est dans le rapport, Signor. – Azteca a conclu.

--- Il est.Si le Consul n'avait pas été aussi occupé à flirter avec le jeune Terran,il aurait pu anéantir l'équipe Arkonak le soir même.

            Il y eut un silence. «Orion» a poursuivi:

--- Votre rapport est terrifiant.Le Major Narodja a jeté des pierres e a été abattu.C'était à peine mortel. Les Lieutenants ont sauté un mur et ont envahi une Représentation Diplomatique. Azteca, Chayse et Kracory étaient dans le hall, en territoire allemand, essayant de brouiller les enquêtes. Et le Consul a noté l'étrangeté qu'ils aient tous les trois réunis dans une parfumerie. Leur est-il jamais venu à l'esprit qu'à l'intérieur du Consulat, le Consul avait le pouvoir de les arrêter tous les trois, ainsi que le nouveau venu, même la Police Hollandaise n'aurait pas pu les sauver. Au sein du Consulat, l'Empereur était Herr Osten. Vous avez eu beaucoup plus de chance que de jugement.

            Un autre silence. "Orion" a analysé leurs rapports.

--- D'après ce que j'ai compris, de toutes les distractions que vous avez créées cette nuit-là, celle de la recrue était la seule qui a fonctionné. C'est elle qui t'a sauvé. Et elle a aussi raison sur autre chose. Leurs demi-mensonges, se faisant passer pour des terriens, ne sont pas non plus difficiles à démystifier. Personne sur la Planète Terre ne les connaît.

--- Je suis complètement d'accord. Sabrina est très talentueuse. Puis-je vous promouvoir au grade de lieutenant ou vous confier le commandement? – Roy Azteca a demandé.

Sabrina protesta:

--- Je ne veux ni l'un ni l'autre!Vous allez en Cour Martiale.Je préfère ma promotion sur les glaces.

--- Si vous avez une garniture au chocolat, je vous soutiens. - Dit Kracory.

--- C'était juste ce qu'il fallait! Un complice de ce petit nain gourmand. - Dit Jill.

--- Vous êtes un paquet, c'est vrai! - Protesta le nain.

--- Bien essayé, Roy. Je pense que personne ne veut être à ta place. - Sonja a ri.

"Orion" écoutait tout, faisant semblant d'être distrait. Enfin, il les affronta:

--- Maintenant, passons à ce qui compte vraiment.L'antidote pour lequel vous êtes allé. Avez-vous déjà une idée de l'endroit où il se trouve?

Tous les regards se tournèrent vers le Professeur Kracory. Même Chayse se détourna, souriant en direction du nain.

--- Maintenant, voyons qui est l'emballage ici! - Dit Jill en faisant semblant d'être en colère. Mais personne ne pouvait se fâcher contre Kracory.

Le petit nain regarda chacun d'eux,et vit qu'il était entouré.Il baissa les yeux, comme s'il se parlait à lui-même.

--- C'est juste une théorie... - Commença-t-il en se justifiant.

--- Parle bientôt! - Ils ont tous dit, presque en même temps.

--- Après la chute de l'Empire romain, Byzance fut le centre commercial du monde pendant mille ans. Tout produit, venant de l'Orient, avant d'atteindre l'Europe,aurait dû passer par Byzance, lorsque la capitale de l'Empire s'appelait encore Constantinople. Pour les chrétiens d'Occident, cela n'a changé que lorsque les Turcs ottomans ont pris le contrôle de la ville en 1453.

--- Nous y avons déjà pensé. - Dit Azteca. – Si les ingrédients de l'antidote sont arrivés en Europe après cela, ils seraient passés directement par Venise.

--- Mais nous n'envisageons pas d'autre possibilité. Les Vikings suédois ont atteint Constantinople / Istanbul via le fleuve Dniepr et ont continué à faire des affaires avec les Ottomans même après la chute de la ville. D'abord les affaires, puis la religion.

--- Avaient-ils un itinéraire alternatif? – Sonja a demandé.

--- C'est possible. Le Dniepr est navigable toute l'année.Et cela va presque directement de la Suède à la Mer Noire, en passant par la Russie.

--- Un centre commercial?

--- Kiiv. Presque à cette époque, c'était la capitale d'un royaume slave indépendant.

--- J'ai vu que je fais une promenade. Je suis le Russe de l'équipe. Sabrina, je ne pense pas que ton accent allemand aura beaucoup de succès là-bas. Chayse reste avec vous ici à la Maison. Et cette fois, c'est pour de vrai. Pas de jeux "Chauds" ou "Froids" pour qu'il vous emmène. Nous n'allons pas à une réception au Consulat.

--- Déjà compris. J'ai entendu parler de la vie dans l'Empire Russe. Même avant la guerre, les serfs n'avaient rien à perdre "sauf leurs chaînes". Imaginez maintenant. On s'occupe de tout jusqu'à ton retour.

--- Chayse, qu'en penses-tu?

--- Je ne pense pas que vous cinq puissiez épargner quelqu'un d'autre. Moi et Sabrina iront bien.

--- Je suis sûr que vous nous manquerez beaucoup.

--- Ne vous inquiétez pas pour moi, Commandant, j'ai aussi entendu la blague sur l'aveugle perdu dans la fusillade.Aussi,Sabrina devait me donner la recette du barbecue brésilien.

---Excellent. Alors vous avez déjà décidé d'aller à Kiiv. - Dit Orion.

Le Contre-Amiral était resté silencieux, avec l'appareil allumé, regardant tout sur le moniteur. Je voulais voir comment l'équipe fonctionnait. L'équipage d'Arkonak était une famille. Qui s'est battu pour des chocolats et des glaces. Et cela essayait de sauver ce qui restait de la race humaine, comme si c'était la chose la plus naturelle de l'Univers. Ils parlaient d'aller dans une ville très dangereuse et de chercher une aiguille dans une botte de foin, perdue depuis près de mille ans, comme s'ils planifiaient un pique-nique dans le parc.

Il n'y avait aucune garantie qu'ils réussiraient. Mais, avec une certitude absolue, je ne pouvais pas trouver une meilleure équipe pour trouver l'antidote.

"Orion" les écouta, considérant ses options. L'escadron était une force militaire. Ses options étaient, en gros, d'envoyer des stormtroopers, de tout faire exploser sur son passage. Mais, pour cela, il faudrait qu'il y ait un travail de renseignement, en place. Avant d'attaquer une cible, il est nécessaire de la localiser,de la cartographier et de considérer les variables d'une telle opération.

Il était clair pour lui que l'Opération Arkonak avait été une montagne d'arrogance et était vouée à l'échec dès le départ.C'était un miracle qu'ils n'aient été ni capturés ni tués.

Mais cela tient beaucoup plus à leurs compétences individuelles et à quelques moments de chance qu'à une planification stratégique.

Mais maintenant, sa situation sur le terrain était très difficile. Ils étaient toujours vivants et en bonne santé, mais complètement encerclés.

Rodolfo Azteca avait raison. Avant que quiconque puisse les accuser devant une Cour Martiale, il faudrait d'abord qu'ils soient sauvés vivants. Et cette inquiétude, de toute façon, serait ridicule. S'ils apportaient l'antidote, ils seraient des héros et recevraient des médailles. S'ils ne le faisaient pas, peut-être qu'il n'y aurait même plus de juges pour les juger.

Il n'y avait ni temps ni conditions pour envoyer un autre vaisseau sur Terre. «Orion» ne pouvait compter que sur le «Matrix», un gigantesque croiseur stellaire, en orbite terrestre, d'où partaient les frégates Arkonak.

Maintenant, il savait que la Frégate Arkonak 1 était en sécurité, pour le moment, cachée au fond de la Mer du Nord, et son équipe humaine était bien,déguisée à Amsterdam. Et toujours prêt à continuer la mission.

Dans l'ensemble, la situation était encore bien meilleure que ce que j'avais imaginé.

"Orion" savait que sa mission était terrible. La vie de centaines de millions d'humains dépendait de sa confiance ou non en ces 7 types.

À l'exception de Sabrina, les 6 autres savaient ce qui était en jeu. Alors ils ont essayé de feindre la négligence.

--- Quelle est la situation dans la Fédération? – Demanda Aztèque.

--- La guerre est finie. Il y avait un accord de cessez-le-feu. Vega – Centaur et Polaris ont gagné. Mais Vandarkia a quand même beaucoup conservé. Un traité de paix est en cours de négociation.

--- Alors, votre mission est terminée? – Demanda Sabrina.

--- Les gaz toxiques, répandus dans l'atmosphère, ne respectent pas les accords. Ils continuent de répandre et de tuer des gens pendant des générations. Nous avons un

besoin urgent de l'antidote, pas seulement pour sauver ceux qui ont combattu pendant la guerre et leurs familles. Mais aussi vos enfants et petits-enfants.
--- La situation est-elle si grave?
--- Bien plus que vous ne pouvez l'imaginer, Sabrina.
--- Je pense que j'ai perdu l'envie de manger de la glace dans votre vaisseau spatial.
        Chayse sourit:
--- Tu es jeune et la vie est courte, Sabrina. Ce qui sera sera.Mais nous ferons de notre mieux. Et mangeons une glace ensemble. Tu es mon invité.
--- Profitez de ce que Chayse paie, Sabrina! - Dit Kelly. --- Chayse est presque aussi avare que le Commandant.
--- C'est formidable de vous voir aimer la discipline militaire, Lieutenant Falsburg. Nous aurons beaucoup de choses à nous dire à votre retour. Ils sont licenciés. Sens!
        Seul le Commandant Azteca se leva de sa chaise et salua.
--- Par hasard, êtes-vous le seul soldat présent, Commandant?
--- Monsieur, le Major Narodja et les Lieutenants Falsburg et Dalshin sont sous couverture civile. Si leur identité militaire est révélée, leur vie sera en danger.J'assume l'entière responsabilité de leur comportement.
        «Orion» le fixa. C'était comme se regarder dans le miroir, quelques années plus jeune.
--- Nous en reparlerons à votre retour, Commandant Azteca. renvoyé.
--- Un instant, Seigneur "Orion". – A demandé Sabrina.
        Le Contre-Amiral regarda le jeune civil terrien.
--- Juste "Orion". Souhaitez-vous ajouter quelque chose, Mademoiselle?
--- Ici sur Terre, nous avons quelque chose qui s'appelle "Police". La police enquête sur les antécédents des suspects. Beaucoup de gens se méfient de nous.Ils chercheront en Russie, en Amérique, au Canada et en Suisse le passé de chacun ici. S'ils ne trouvent rien, nous aurons de gros ennuis. Ils voudront savoir d'où ils viennent.
--- C'est vrai.Un Commissaire Néerlandais a failli nous attraper,car nous ne savions pas comment utiliser leurs montres. – Sonja a confirmé.
--- Avez-vous reçu de faux documents, avec vos déguisements?
--- Nous avons reçu, à utiliser uniquement comme mesure de sécurité. Si l'Arkonak était détruit, nous devrions nous mêler aux terriens et attendre les secours. Mais c'est juste assez pour nous de marcher dans les rues. Ils ne résisteraient pas à une enquête plus précise, faite dans les sources.
--- Malgré tout, nous avons réussi à louer le bâtiment et à déménager le magasin, avec ces papiers. - Dit Kracory.
--- Qu'en dites-vous, Commandant Azteca?
--- Nous ne savons pas combien de temps nous devrons rester ici. En attendant, ils enquêteront sur nous. Nous devons gagner du temps. On pourrait se faire prendre à tout moment.
        «Orion» pensa-t-il. C'était un autre problème que les stratèges de la mission n'avaient pas pris en compte. Les Terriens de 1915 étaient très méprisés.
        La planification de la mission avait été pleine d'erreurs. On pensait que, déjà en guerre, les terriens seraient déjà prédisposés à un accord de paix. Certes, ils ont imaginé cela à partir de leur propre expérience personnelle, dans une Fédération Intergalactique à des millions d'années-lumière de la Planète Terre.
        Ils pensaient que les Terriens se rendraient une fois qu'ils auraient vu les androïdes. Ils parient sur l'impact de l'effet de surprise et sur la supériorité militaire au

point de débarquement. Ce serait un plan raisonnable, s'ils connaissaient à l'avance l'endroit exact où se trouvait l'antidote.

Mais le simple fait qu'ils aient envoyé des femmes,des vieillards,des aveugles et des nains signifiait qu'ils prévoyaient de gagner les faveurs de l'équipage en pointant des fusils. En cas de doute entre "parler doucement" et "porter le bâton",ils ont fini par ne pas faire l'une ou l'autre de ces choses correctement.

La possibilité que l'équipe doive rester sur Terre indéfiniment n'avait pas été envisagée.

Toutes les règles avaient déjà été enfreintes.S'il y avait une Cour Martiale,les juges auraient les cheveux gris.

«Orion» considéra la situation. En tant que nouveau Directeur Général chargé de nettoyer ce gâchis, votre préoccupation n°1 ne peut être qu'une: trouver l'antidote et «ramener les enfants à la maison».

--- Très bien. Je vais activer la « Matrix », pour vous apporter un soutien, là-bas sur le terrain. Ils enverront des équipes de soutien pour créer leurs nouvelles histoires. Plus tard, nous vous enverrons les scripts créés, pour que vous les mémorisiez. Ce serait dommage s'ils confondaient les types de montres que portaient vos grands-parents terriens. Comme d'habitude, vous ne devez avoir aucun contact avec les membres des équipes de support et vice versa.

--- Mesure de sécurité. Il serait très étrange qu'un étranger en sache autant sur mon passé. – Azteca a accepté.

--- Quelque chose de plus? Non? Excellent. Alors, Bienvenue à Bord, Terrien. Renvoyé.

La visioconférence s'est terminée. Sabrina regarda la classe.

--- Est-ce juste moi, ou sommes-nous tous en difficulté?

Tout le monde regarda le Terrien. Elle n'était pas dans l'armée,elle n'a pas eu à subir tout cela. Mais c'était sa famille maintenant. S'ils avaient des problèmes, les problèmes étaient aussi les siens.

Sonja lui serra les épaules.

--- Il est tout à fait possible. Mais cela, nous ne le découvrirons qu'à Kiiv.

Chapitre 2

"Le "Vieux" Est Déprimé, "Big"".

"Je suis devenu fou, avec de longues périodes d'horrible santé mentale."

Edgar Allan Poe, écrivain américain.

Le Consulat Britannique à Amsterdam était situé au bord du Canal, avec une belle vue sur la Rivière Amstel.

La secrétaire alerta Benjamin Kostler de la visite de son vieil ami,et «BigBen» se fit un devoir d'attendre devant son bureau.

--- Terry, vieux coquin! Où étais-tu?

--- Avoir des ennuis là-bas,«Big».Et comment se passe votre vie d'AttachéCommercial?

--- Je me suis amusé aussi. Terry Audrey! Combien de temps! Asseyez-vous, voulez-vous boire un verre?

--- Un whisky avec de la glace, pour bien commencer la journée.

--- Terry, Terry. Toujours les mêmes. - Dit "Big", au service de son ami, assis sur un canapé. --- J'ai entendu dire que tu t'amusais en Italie. Ils sont bons?

--- Les Italiens sont entrés en guerre à nos côtés, ce qui était déjà une bonne chose. Ils tirent sur les Autrichiens, pas sur nous. Allons-y une étape à la fois.

--- Vous avez tout à fait raison. Vous et les gars avez fait un excellent travail. Toutes nos félicitations.

Terry Audrey sourit. Il était l'espion de cinéma stéréotypé: grand,fort,élégant et bon au combat. Agent de terrain du MI6, il parcourt le monde sous les traits d'un vendeur pour un société américaine.U peu démodé par rapport aux normes modernes, mais dans les années 1910, il personnifiait le rêve du citoyen américain typique de la classe moyenne. Il a voyagé en deuxième classe, sur des navires de luxe, il a séjourné dans des hôtels de luxe, mais dans les chambres les moins chères.

Le genre qui inspirait confiance, et à qui on racontait des secrets, dans une conversation de taverne.

Il était ami avec "Big Ben" Kostler depuis de nombreuses années et ils ont eu de nombreuses aventures amusantes ensemble.

Mais Terry Audrey ne semblait rien avoir de drôle à dire. Il avait l'air inquiet, observant attentivement Kostler, comme s'il était porteur de mauvaises nouvelles.

--- Vous semblez aussi vous amuser ici à Amsterdam, Big.

Kostler sourit. L'alarme d'attaque ennemie avait déjà retenti dès que le secrétaire avait annoncé le visiteur. Terry n'était pas du genre à faire des visites de courtoisie.

--- Amsterdam est une très belle ville. Et le Quartier Rouge est très amusant. Vous devriez le rencontrer.

--- Tu es toujours le même, «Big». Des femmes, toujours des femmes.

Les deux rirent. Kostler dévisagea son collègue.

--- Qu'est-ce qui t'a amené ici, exactement, Terry?

--- J'ai entendu dire que vous vous débrouilliez plutôt bien avec les femmes d'Amsterdam, Big. Plus précisément, avec trois employés d'une certaine parfumerie.

Les deux rirent. Terry Audrey était venu à Amsterdam pour eux! Comment les nouvelles voyagent!

Kostler prit une profonde inspiration et il s'appuya contre le dossier de sa chaise derrière le bureau.

 --- «Maison Arkonak Rhugen. Beaux Parfums, Pour Dames et Messieurs». Je ne savais pas que tu t'intéressais autant au parfum, Terry.

--- Moi non plus. Jusqu'à ce qu'il se rende à Londres et parle au «Viel». Que sais-tu de ces gens, Big?

"Le Vieil". C'est ainsi que les agents ont fait référence à Mansfield Cumming, Directeur Général du MI6. En son absence, bien sûr. Tout le monde aimait, détestait et avait peur de Cumming. Le "Vieul" était la roulette russe.

--- Tout ce que je sais, je l'ai écrit dans le rapport. Vous avez lu mon rapport et appris qu'il s'agit de personnes, vous êtes donc mieux informé que moi. Je n'ai toujours pas réussi à me faire une opinion à ce sujet.

--- Le "vieil homme" m'a montré son rapport. Et les enquêtes qu'il avait faites. Je t'ai apporté une copie de tout.

Audrey se leva du canapé, se dirigea vers le bureau de "Big" et ouvrit le dossier de son vendeur. Il plaça une pile de papiers sur le bureau de Kostler. Sur la couverture, un cachet "Confidentiel".

Cela ressemblait beaucoup au "Vieil". Un subordonné pourrait remplir la table de papiers ou le virer par téléphone.

--- J'ai toujours pensé que tu ne transportais que de la bière dans ta valise, Terry.

Terry Audrey alla à la fenêtre. J'avais besoin de respirer de l'air frais. La vue sur la rivière Amstel était magnifique.

--- Le "Vieil" a lu toute cette paperasse et est devenu déprimé, Big. Mansfield déprimé! Pouvez-vous imaginer le «Vieul» déprimé? Il veut que tu veilles sur ces parfumeurs.

--- Je vais lire toute cette paperasse très attentivement, Terry. Mais, en bref, qu'est-ce qui a rendu le "Vieul" déprimé? Et tu as l'air d'être déprimé aussi. Alors, je commence à m'inquiéter. Qu'ont-ils trouvé?

Audrey se tourna vers Kostler, dos à la fenêtre.

--- Le "Vieil" a fait enquêter ses amis parfumeurs.Il ne m'attendais pas à trouver grand chose. Mais puisque vous avez dit que le Commissaire se méfiait d'eux, il voulais aussi jeter un coup d'œil. Cela a commencé par le plus simple. Les deux commis, venant de la Colonie du Cap et du Canada, filles d'officiers anglais. Il y a des copies des dossiers de leurs parents, que le "Vieil" lui a envoyés.

Kostler regarda les papiers. Deux piles de notes, avec les dossiers de deux officiers anglais. A première vue, des spécimens.

--- Tout y est. Lieutenant John Dalshin, infanterie. Capitaine John Falsburg, quartier-maître. Ils se sont mariés dans la Colonie du Cap, avec deux filles de fermiers. Et chaque couple avait un enfant unique, nommé respectivement Jill et Kelly. Ils ont été transférés au Canada en même temps. Ils étaient veufs en même temps. Et ils sont morts en même temps. Le duo John-John était identique en tout, même leurs noms. Puis le voyant s'est allumé.

--- Trop de coïncidences. Des histoires fabriquées. – Kostler déduit.

--- Mais c'était un très bon travail. Bataillons, transferts, emplacements d'unités, promotions, rapports, tout est vérifié. Les cachets des services, les signatures des responsables, tout est parfait! Celui qui a fait cela connaît très bien la bureaucratie interne du Ministère de la Guerre e a suivi chaque mouvement de nos troupes pendant au moins 30 ans. Le duo John-John était presque parfait.

--- C'est le problème avec les plans presque parfaits. C'est «presque".
--- Le "Vieil" a vu ce tas de coïncidences et a décidé de renverser la vapeur. Effrayé. Il avait un clin d'oeil fou. Il a appelé notre peuple, à l'Ambassade du Brésil, à Rio de Janeiro. Et il a envoyé enquêter sur son amie Sabrina.

"Big Ben" masquait bien l'agitation. Je ne voulais pas montrer d'intérêt particulier. Mais il fouilla plus attentivement dans les papiers. Il trouva deux feuilles de papier dactylographié. Un contraste frappant avec les énormes jetons des John-Johns.
--- Juste ça? – Big a demandé, ne comprenant pas.

Terry Andrey regarda Big.
---Le gouvernement brésilien ne sait presque même pas que cette fille existe, mais il n'a pas été difficile de la découvrir. Une jolie fille, parlant allemand à Rio de Janeiro, finit par attirer l'attention. Elle vendait des bonbons au porte-à-porte et voyageait ici à bord du navire "Coburg". Nous avons trouvé la tombe de sa mère. Nous avons trouvé la pension où ils vivaient et avons parlé au voisin. La femme a tout raconté.

Terry fit les cent pas dans le bureau, regardant les peintures sur les murs.
---Mère et fille ont fui le Rio Grande do Sul dans une charrette, après que leur maison a pris feu. La mère savait que c'était la fille et elle avait peur que la fille soit arrêtée. C'est pourquoi il s'est battu si fort pour faire sortir Sabrina du Brésil. A son arrivée à Rio de Janeiro, Mrs. Helberg a découvert qu'il avait un cancer. Je faisais une course contre la montre. Elle travaillait comme une folle, se prostituait avec un avocat,pleurait en cachette, la nuit, pour que sa fille ne s'en aperçoive pas.

Terry est retourné à la fenêtre. Il était visiblement ému.
--- C'est ce que font les gens de chair et de sang, Big. Fuir, mentir,se cacher,pleurer en secret. Vous ne trouvez pas cela dans le classeur du Gouvernement. Ceci est découvert en parlant au voisin de la pension.

Terry a complété son whisky.
--- C'était l'erreur du duo John-John.Il ya deux "Arbres de Noël",beaux à regarder,mais faits pour être oubliés, au bas de l'archive. Deux officiers de niveau intermédiaire, pas de grandes commandes, pas de grandes actions. Rien qui ait attiré l'attention. Du sur-mesure pour être vu et ignoré. Leur grande erreur a été de devoir être comparés à de vraies personnes. Puis le "Vieil" est devenu fou.
--- Qu'est-ce que "l'Viel" a fait?
--- Il a fait venir les vétérans de ces bataillons. Quel soldat ne se souvient pas de son capitaine et de son lieutenant?Il voulais connaître leur vie privée.Ont-ils beaucoup bu? Ont-ils joué aux cartes? Avaient-ils des amants au bordel? Ces hommes auraient passé des décennies de leur vie dans nos casernes, sous notre toit. Nous devrions tout savoir sur vos vices et vos bizarreries. Batailles de bar, paris d'argent, boire les jours de votre mariage, peu importe.
--- C'est le résultat?
--- Quoi que ce soit. Aucun ancien combattant n'a jamais entendu parler des John-Johns. Saviez-vous que Mansfield aime les histoires pour enfants? Sa mère lui lisait des histoires quand il était enfant. Mansfield était autrefois un enfant! Le crois-tu? Son préféré est «Blanche-Neige et Les Sept Nains». Je ne l'ai su qu'à notre dernière rencontre.
--- Vraiment, Terry? Alors il aimera les parfumeurs. Ils ont un nain là-bas. Professeur Kracory, spécialiste des Arts.
--- Sauf que "Viel" aime plus la Sorcière. C'est plutôt lui. Tu aurais dû le voir, «Big». Le «Vieil» a lu les rapports des John-Johns et s'est tenu devant un miroir à l'extérieur de

son bureau. Il ouvrit les bras, comme s'il allait voler. Je jure que j'étais terrifié.

Pendant qu'il parlait, Terry était face à la fenêtre, les bras tendus, imitant Mansfield.

--- Puis, il demanda au miroir, d'une voix très grave: « Miroir, mon miroir! Existe-t-il un Maitrê Espion plus intelligent que moi? Quelqu'un est-il capable de planter ces deux "Arbres de Noël", remplis d'ornements, au War Office de Londres? Est-ce que quelqu'un serait capable de faire une telle chose, de couvrir deux employés, dans un magasin à Amsterdam? Et si quelqu'un pouvait faire ça pour deux sous-fifres, imaginez ce qu'ils ne feraient pas pour créer un Commandant de la Marine Américaine, une Comtesse, un membre de la Noblesse Russe, un Détective aveugle, au NYPD, et un nain Professeur d'Art, en la Suisse? Miroir, mon miroir! Y a-t-il un autre espion plus fou que moi?»

Terry s'arrêta pour regarder Big et ajouta:

--- Savez-vous ce que son miroir a répondu? «Ouiiii!» C'est pourquoi Mansfield est déprimé, «Big». Le «Vieul» est très sensible.

"Big Ben" Kostler n'arrêtait pas de rire de la performance de son ami.

--- Terry, Terry, as-tu déjà pensé à rejoindre le Théâtre?

Ils riaient ensemble, comme au bon vieux temps des beuveries homériques.

Puis il y eut un silence. Les deux mesurent la gravité de la situation.

Le War Office de Londres était l'un des endroits les mieux gardés au monde. De là, une armée a été commandée, dont les soldats ont défendu le plus grand empire que le monde ait jamais vu. L'Empire Britannique, où le Soleil ne se couchait jamais.

Quiconque avait réussi à y entrer et à planter deux "Arbres de Noël" - argot pour faux documents - pouvait être capable de tout.

Et le fait qu'il ait fait cela pour protéger deux - apparemment - de simples commis, rendait la situation encore plus effrayante. Que pouvais-je faire d'autre pour couvrir les autres?

--- Qu'est-ce que Mansfield veut que nous fassions? – A demandé «Big Ben».

--- Vous devriez garder un œil sur les parfumeurs. Invitez les filles à sortir et montrez-leur des photos. Voyez s'ils reconnaissent leurs propres parents,leurs propres maisons, des choses comme ça. Mélangez les photos et voyez si elles confondent les John-Johns.

--- Ne pas reconnaître la photo de son propre père serait bizarre. Mais nous avons un problème. Officiellement, je ne suis qu'un attaché d'Ambassade. Il n'aurait pas pu avoir accès au matériel du MI6 s'il n'était pas un espion.

--- Et même. Vous seriez déporté. Mansfield est devenu tellement fou qu'il n'y a même pas pensé.

--- Je peux garder un œil sur eux. Mais si je montrais des photos, je devrais expliquer comment je les ai eues. Le Commissaire Hinca sait que je suis un espion. Comme nous sommes amis, il ferme les yeux. Mais si je dépasse les bornes, il ne me couvrira pas. Entre notre amitié et son devoir de policier, son choix est facile. Je ne peux pas vous embarrasser.

--- Mansfield a déjà appelé notre peuple. En Amérique, en Russie et en Suisse. Nous devrions avoir des nouvelles bientôt.

--- Pour parler avec Jill et Kelly, nous devrons attendre quelques jours. Les gens sont allés visiter un producteur de parfums. Il ne restait que Sabrina et Chayse, la détective aveugle. Les autres ont pris un bateau pour Göteborg, en Suède. De là, prenez un train pour Stockholm. Et un autre bateau, à Saint-Pétersbourg, de là, un bateau descendant le Dniepr, à Kiiv.

Terry rit.

--- Savent-ils que tu es un agent anglais, Big?
--- Presque certainement ainsi.
--- N'avez-vous pas trouvé étrange qu'ils vous aient donné tout leur itinéraire de
voyage? Vous pourriez avertir les Suédois ou les Russes.
        Kostler hocha la tête en signe d'approbation :
--- C'est une pomme empoisonnée.J'aurais préféré ne pas savoir.Si j'avertis quelqu'un,
je devrai révéler que je suis un espion, et je serai expulsé de Hollande. Si vous ne
prévenez personne, je deviendrai leur complice s'ils se font prendre à l'avenir. Ils m'ont
vu approcher de Sabrina, et ils me veulent entre leurs mains.
--- Pour les accuser d'espionnage, il faut d'abord savoir pour qui ils travaillent.Une idée
de qui a envoyé ces gens? Les Allemands? Le Français? Russes, Autrichiens...
--- Je n'en ai aucune idée. Je demande juste le "miroir, miroir" de Mansfield.
--- Combien de temps prévoient-ils d'être partis? – Audrey a demandé.
--- Attendez-vous à revenir dans une semaine. C'est un voyage compliqué en temps de
guerre. A quoi penses-tu Terry?
--- Moins vous en savez, mieux c'est, Big. Occupe-toi juste de ton amie Sabrina.

                XXXXXXXXXXXXXXXXXXXXXXXXXXXXXXXXXXXXXXXXXXXXX

--- Êtes-vous sûr que nous allons nous faire agresser? - Demanda Sabrina en tendant
un autre piège.
--- Absolument certain. - Répondit Chayse en ouvrant une autre boîte.
--- Et comment pouvez-vous être sûr que ce sera ce soir?
--- Pour la fenêtre de temps que nous avons donnée à Kostler. Une semaine. S'ils
avaient attaqué hier, la première nuit, cela aurait été assez évident. Mais aujourd'hui,la
deuxième nuit, les envahisseurs pourront dire qu'ils ont observé le mouvement du
magasin pendant deux jours. Ils virent une belle parfumerie, avec seulement un vieil
homme aveugle et une femme. Le rêve de tout voleur.
--- Mais nous avons fermé le magasin et mis en place un panneau "Fermé Pour Solde".
--- Pour éviter que de vrais voyous viennent nous rendre visite. Seul Kostler sait que
les autres ne sont pas là.
--- Si je sais que "Big" mijote quelque chose...
        Chaise se mit à rire.
--- Oh non. Il se contentera de rendre compte à ses patrons du MI6. Vos amis
prépareront le faux cambriolage.Il sera le dernier au courant.Son implication avec vous
ne vous rend pas non plus plus digne de confiance.
--- Mais cela ne semblera-t-il pas bizarre? S'il s'agissait d'un voyage d'affaires, les
propriétaires devraient y aller. Peut-être Kracory, pour voir les étiquettes. Mais prendre
les deux greffiers, le commissaire Hinca ne s'en doute-t-il pas?
        Chayse élargit son sourire.
--- C'était la précaution de la comtesse de les faire sortir tous les deux d'ici. Ils étaient
très exposés. Leurs prétendues histoires terriennes, les filles d'officiers anglais, étaient
les plus faciles à renverser. Au lieu de simuler un vol, de s'introduire dans la
parfumerie, ils pourraient kidnapper les deux dans la rue. Ils pourraient les torturer et
même les tuer, pour découvrir pour qui nous travaillons. Ici, au moins, quand ils
viendront chercher un émetteur radio, nous serons sur notre territoire.
        Chayse était assise dans son fauteuil préféré.
--- Je vais te confier un secret, Sabrina. Notre mission a été un désastre de

planification dès le départ.

--- Et même? Comment n'ai-je pas remarqué cela avant? - Le Brésilien a ri, moqueur.

--- Vous auriez eu beaucoup de plaisir avec notre plan original. Nous survolerions Londres, si le Commandant choisissait l'Angleterre, nous lancerions 3500 robots robots à travers la ville, et exigerions que l'antidote nous soit remis. C'est simple. Pour améliorer le plan, nous avions encore un chimiste corrompu, qui voulait libérer des gaz toxiques sur la ville.

--- Robots Android. J'ai vu une fois quelque chose de similaire. C'était devant un magasin de jouets. Un type vêtu d'un costume en fer blanc attirerait les enfants. Mais il était un acteur au chômage, gagnant un shilling par jour.

--- Les nôtres sont réels. Ce sont des machines à forme humaine, tête, bras et jambes. Ils sont contrôlés par des ondes radio d'un type particulier.

--- Si ce ne sont que des machines, pourquoi la forme humaine?

--- Pour faciliter la communication avec les humains. Pour comprendre ce que c'est que "attraper",il a besoin d'avoir des mains. Pour «marcher»,il doit avoir des jambes et des pieds, et ainsi de suite.

Sabrina réfléchit un instant.

--- Les enfants n'avaient pas peur du Tin Man au magasin de jouets. Au contraire. Les enfants se moquaient de lui, l'attrapaient... c'était un shilling héroïquement gagné.

Les deux rirent et Sabrina ajouta:

--- Si les Anglais avaient fait comme des enfants, et massacré leurs androïdes, vous auriez pu être lynché par les habitants de Londres.

--- C'était "Chaud", Sabrina. "Bouilli" complètement. - Chayse a dit, se souvenant du jeu préféré de la fille, essayant de deviner des choses. Si c'était proche, ce serait "Chaud". Si c'était loin,ce serait "Froid". --- Mais nous n'avions pas beaucoup de choix, notre seule option était de changer les coordonnées du site d'atterrissage et de plonger au fond de la Mer du Nord.

--- Seule possibilité? Et s'ils allaient dans un endroit éloigné, dans la zone rurale?

--- Les écoutilles d'Arkonak se déverrouilleraient automatiquement. Les androïdes débarqueraient du vaisseau et...

--- ... et lancez une chasse au renard dans les fermes anglaises. Et ils devraient cacher un navire de 171 mètres. Il serait difficile de trouver des granges de cette taille. Ouais, je suppose que tu ne serais pas invité au thé de 5 heures. Alors que si le vaisseau spatial allait au fond de la mer...

--- La pression de l'eau empêcherait les portes de se déverrouiller. Et les robots resteraient à leur place.

--- Comment t'es-tu impliqué dans une telle mission, Chayse? Comment planifier une telle mission? Envahir une ville,asservir des millions de personnes e exiger des choses? Et vous n'avez même pas besoin d'être un génie militaire pour réaliser que vous n'êtes pas le groupe le plus approprié pour envahir les villes. Comment quelqu'un a-t-il pensé qu'un tel plan pourrait fonctionner?

Chaise sourit.

--- Tu as conclu tout ça, justement, parce que tu ne t'es pas proclamé "génie militaire". Il n'est pas aveuglé par l'orgueil, l'arrogance, l'ambition. Elle n'est pas éblouie par un faux sentiment de puissance. Vous ne pensez pas que tous vos plans sont infaillibles, simplement parce que les autres sont des ordures et que vous êtes la Maîtresse de la Vérité. Comment peut-on ordonner aux aveugles, aux nains, aux femmes et aux machines d'asservir des multitudes?

Chayse pensa:
--- La réponse est simple. Enfermez-vous dans un cabinet de luxe, peint en or, entouré de sycophants, et perdez de vue la réalité,méprisez tout ce qui est différent de vous,ou de vos désirs. Voilà la recette d'un plan infaillible. Envoyez une équipe indésirable pour prendre le contrôle d'une planète indésirable. Le plan semble parfait, car la poubelle finira par s'entendre avec la poubelle, et au final, vous finirez par obtenir tout ce que vous voulez. Parce que tu penses que tu es un génie.
--- Vous, du Futur de l'Univers,n'avez rien changé. Ils viennent de changer d'adresse et dépliant sur le mur.
--- Oh, nous avons changé, oui. Nous inventons plus d'engins pour faire des choses stupides.
--- Maintenant oui, je comprends. Vous avez été envoyé en mission suicide parce que vous n'étiez pas disponible. Vous êtes venus parce que vous êtes des idéalistes,et vous savez que l'antidote est fondamental. Mais celui qui les a envoyés pensait que les gaz toxiques ne sont pas si graves. Ils ne vous ont envoyé que pour passer pour des bienfaiteurs. Ce n'était qu'une campagne de propagande.
--- Exactement.
--- Si vous aviez essayé de dominer la ville et que vous étiez mort, l'incompétence aurait été la vôtre. Mais vous avez interrompu la mission, survécu et dénoncé les planificateurs. Maintenant, ils doivent vous sauver, sauver les apparences, si vous ne revenez pas, ce sera un scandale politique.
--- J'ai déjà vu que vous, en 1915, saviez déjà tout sur les politiciens de la Fédération Intergalactique.
--- J'ai tout appris des conseillers et du maire de l'intérieur du Brésil. Une bande d'escrocs et d'escrocs. Bon, j'ai fini les pièges.
--- Génial. Maintenant, attendons nos visiteurs de nuit. - Chayse a dit, se levant de la chaise.

XXXXXXXXXXXXXXXXXXXXXXXXXXXXXXXXXXXXXXXXXXXXX

Il était environ 2 heures du matin quand quelqu'un a commencé à forcer la serrure de la porte de la Maison Arkonak.
La serrure céda, après quelques mouvements précis, et les envahisseurs pénétrèrent dans la parfumerie.
Environ une demi-heure plus tard, le téléphone du domicile d'Hubert Hinca a sonné. C'était du Quartier Général.
--- Commissaire, - Dit le travailleur de garde, --- ils ont essayé d'envahir la parfumerie, tout à l'heure. Vous avez envoyé pour l'avertir, de tout ce qui est étrange là-bas.
--- Entourez l'endroit. Ne faites rien avant mon arrivée.J'y vais directement. – Répondit le Commissaire en sautant du lit et en s'habillant aussi vite qu'il le put.
--- Quelque chose est arrivé? – Demanda la femme d'un air endormi.
--- Ils ont tenté de s'introduire dans la Maison Arkonak. - Il a répondu.
--- Ah, les parfumeurs. - Dit la femme en se rendormant.
--- Ce qui m'inquiète c'est le verbe «essayer».
Hinca a demandé une voiture, garée dans la rue, et une heure plus tard, il était au n° 469 Herengracht, sur le trottoir de la Maison Arkonak Rhugen.
Il y avait un groupe d'une vingtaine de curieux, à la porte de la parfumerie, empêchés d'approcher par un policier. La plupart étaient des voisins, réveillés à ces

premières heures par les appels à l'aide.

Le Commissaire se fraya un chemin à travers la foule jusqu'à l'entrée de la Maison.

Et a vu la scène la plus bizarre qu'il ait jamais vue.

Trois hommes cagoulés, portant des vêtements noirs et des gants, étaient allongés sur le sol. Couvert de poussière blanche... et d'araignées!

Hinca prit une profonde inspiration. Pourquoi ne pouvait-il pas être surpris?

--- Mico poussière et araignées. Tout le corps brûle et démange. Mais s'ils bougent, les araignées mordent. Il n'y avait qu'une seule solution: crier à l'aide et demander de l'aide à la Police.

Un policier a fait un geste pour aider les trois hommes. Hinca l'arrêta.

--- Non pas encore. En 30 ans dans la Police, c'est la première fois que j'ai été appelé pour aider des criminels.Laissez-les tels quels.Nous sommes toujours en train d'évaluer la situation. On ne peut pas modifier la scène du crime. Et ils semblent bien s'entendre avec leurs nouveaux amis. Et ce ne sont pas des espèces vénéneuses. S'ils l'étaient,ces gars seraient déjà morts.

Les trois envahisseurs avaient cessé de crier. Les mouvements des lèvres avaient rapproché les araignées de leur bouche.

Près des envahisseurs, il y avait deux boîtes à outils. Le Commissaire a ouvert les deux. Le contenu l'a étonné.

Le cliquetis de la canne de Chayse dans l'escalier annonça qu'il descendait, accompagné de Sabrina.

Le Commissaire Hinca sourit.

--- Ah, mon vieil ami Chayse, le directeur de parfumerie le plus célèbre d'Amsterdam. Et un de vos élèves.

--- Nous avons les meilleurs parfums du marché.

--- Vous n'avez pas entendu de bruit? Ces hommes sont là, criant, depuis près de deux heures.

--- Nous avons travaillé jusque tard dans la nuit, Commissaire. Nous sommes en retard pour dormir, nous avons même entendu des bruits, mais nous pensions que c'était dans la rue, ou chez les voisins. Ce qui se passe?

Hinca a entendu l'arrivée de la voiture de police dans la rue. Il s'est tourné vers la police.

--- Suffisant. Ils peuvent désormais collectionner ces sujets. Je sais que c'était le coup de foudre. Mais M. Chayse sont des filles de la famille. Nous ne voulons pas qu'ils aient une mauvaise réputation.

--- C'est très gentil de votre part, Monsieur le Commissaire. – Chaise a souri.

--- Avant de demander, ils sont une espèce non venimeuse. Ils sont utilisés pour polliniser les plantes dans les régions tropicales. Ils transportent du pollen sur leurs pattes.

--- J'avais déjà remarqué. Votre affaire n'est pas le meurtre.Si c'était le cas,vous auriez pu tirer sur ces gars à bout portant. Ce serait de la légitime défense. Vous venez de les immobiliser pour qu'on puisse les récupérer. Vous voulez dissuader d'autres tentatives, ce qui signifie que vous les attendez. Intéressant.

Hinca se tourna vers les trois hommes, menottés et se tortillant dans la poussière de tamarin, en route vers la voiture de patrouille.

--- Vous venez de voir ça ? Ils avaient un cours de botanique et de bonnes manières ici en Hollande. Vous pouvez le mettre dans votre rapport.Et dites à vos patrons que nous attendrons votre retour.

      Le Commissaire Hinca était particulièrement irrité. Il n'aimait pas l'idée d'être traîné hors du lit au milieu de la nuit pour aider les méchants en difficulté.

--- Ces gars-là devront prendre une douche froide, avec une vadrouille épaisse, avant de pouvoir donner leur témoignage. Mais où étais-je vraiment? Ah M. Chayse. Vous souhaitez déposer une plainte formelle, pour intrusion?

--- Il n'y a aucune nécessité. Ils n'ont rien pris.

      Hinca sourit.

--- Comment pouvez-vous le savoir? Vous ne dormiez pas? Vous n'avez pas besoin d'inspecter le magasin?

      Sabrina est intervenue.

--- C'était la première question qu'il m'a posée, dès qu'il a ouvert les yeux. Je vous ai répondu que j'ai enfermé toutes nos marchandises dans l'entrepôt. M. Chayse me croit sur parole. Mais si nous remarquons qu'il manque quelque chose, nous pouvons déposer une plainte plus tard.

--- Vous êtes une formidable employée, Mlle Sabrina. Aucune plainte, aucun cas.

      Le Commissaire sortit son carnet de sa poche. Il a pris la posture d'un bureaucrate guindé. J'ai connu un commis comme ça, un détestable garçon.

--- Cependant, je vais arrêter ces gars. "Trouble L'Ordre", pour avoir réveillé le quartier en pleine nuit. Et puisqu'ils prennent des poses obscènes en public, je les accuserai également d''"Attentat Indécent". Nous ne pouvons qu'enquêter sur le soupçon qu'ils se sont accidentellement roulés dans la poussière de tamarin tard demain après-midi. Par conséquent, je devrai prendre les déclarations de vous deux, en tant que locaux.

--- C'est toujours un plaisir de coopérer avec la Police, Monsieur le Commissaire. - Dit Chayse, souriant beaucoup à la méchanceté d'Hinca.

--- Très bien. Commençons. Sur la base de l'observation du site, je vois que les sujets ont cassé la serrure de la porte du magasin et sont entrés. Alors qu'ils déplaçaient la porte, une boîte de poussière qui démangeait, qui était au-dessus de la porte, a été déversée sur eux.Pourquoi ont-ils mis la poussière au-dessus dela porte?S'attendaient-ils à être envahis?

--- Un vieil aveugle, une femme et une parfumerie. Nous sommes des proies faciles. C'était juste une mesure de sécurité.

--- Je comprends. Puis les sujets se sont mis à se tortiller de démangeaisons et ont trébuché sur une ficelle tendue au milieu du magasin. Sur ce, ils s'étalèrent sur le sol, et une autre boîte, avec les araignées, tomba sur eux. Comme tout cela s'est passé dans le noir, cela a dû être assez effrayant. Ils n'ont rien vu, ils ont juste senti les pattes marcher sur eux. A appris les techniques de torture au NYPD, M. Chassé?

      Sabrina est intervenue.

--- C'était de ma faute. J'ai laissé les araignées dans la boîte ici au magasin pour nettoyer leur pépinière au labo. Puis j'ai fini par oublier de les reprendre. C'était un oubli.

      Hinca fit u énorme effort pour ne pas rire.La Famille Arkonak était incroyable!

--- Où sont les autres?

--- Je suis parti en voyage d'affaires.

--- Les deux greffiers sont allés aussi? Participent-ils à l'entreprise?

--- Il s'agit d'u nouveau fournisseur.La Comtesse est très confiante dans leurs opinions. Ce sont eux qui servent directement les clients et ils connaissent leurs goûts.

--- Très démocratique. Est-ce que quelqu'un d'autre savait que tu serais seul ici?

--- Je pense que j'ai accidentellement laissé un commentaire à la cafétéria. Quelqu'un a peut-être entendu. - Dit Sabrina.
--- Vous souvenez-vous de quelqu'un en particulier qui était à la cafétéria?
--- Personne en particulier.

Le Commissaire regarda Sabrina avec une expression amusée. Hinca était au courant de sa relation avec Kostler, l'Agent Résident du MI6 à Amsterdam. C'était sûrement lui qui était à la cantine, et il avait su le bon moment pour le cambriolage.

Une chose qu'il devait reconnaître. Les Arkonaks étaient vraiment impartiaux. Ils venaient de protéger un agent allemand, et maintenant ils protégeaient un agent britannique. S'ils restaient aussi neutres, ils pourraient demander la nationalité néerlandaise.

--- Passons maintenant aux envahisseurs. Savez-vous pourquoi trois agents des Services Secrets Anglais seraient intéressés par votre parfumerie?

Leur étonnement semblait sincère.

--- Agents anglais? En êtes-vous sûr, Monsieur le Commissaire?
--- Ce sont nos vieilles connaissances. Ils entrent clandestinement aux Pays-Bas en utilisant faux papiers. Ils font du sale boulot et partent. S'ils sont pris, ils sont déportés en Angleterre. Après un certain temps,ils reviennent. L'Angleterre dit qu'ils ne sont que des bandits ordinaires et nie tout lien avec eux. Mais leur travail n'est pas de compromettre les déguisements des agents locaux. Nous allons les interroger, mais ils ne connaissent personne, et personne ne les connaît. Rassurez-vous, Mlle Sabrina. Ils ne dénonceront pas votre ami, M. Kostler.

Sabrina fit une grimace d'étonnement.

--- Pensez-vous que M. Est-ce que Kostler a quelque chose à voir avec ça?Savait-il que je serais ici et que j'enverrais ces hommes nous attaquer?
--- Non. Je pense qu'ils sont venus chercher un émetteur radio. Leurs boîtes à outils contenaient un équipement de décodage radio, pour violer les fréquences radio, et l'un des hommes est opérateur radio. Je pense qu'ils voulaient savoir qui sont tes amis. Ensuite, ils volaient quelque chose pour que cela ressemble à un vol. Beaucoup de questions sont:pourquoi le MI6 enverrait-il trois agents d'Angleterre,pour se renseigner sur les contacts d'une parfumerie?

Chayse tapa sa canne sur le sol.

--- Commissaire Hinca, comment suis-je censé savoir ce qui se passe dans la tête des services secrets anglais?

XXXXXXXXXXXXXXXXXXXXXXXXXXXXXXXXXXXXXXXXX

Dès son arrivée à l'ambassade britannique, "Big" Kostler a reçu un appel de Terry Audrey.

Terry résuma la situation en une seule phrase.
--- Le "Vieil" est déprimé, Big. Et vous serez encore plus déprimé.

Chapitre 3

Lavra de Kiiv Petchersk

--- Nous y sommes, enfin! – A déclaré Rudolph Azteca. – Ce sont les coordonnées que vous m'avez données.

--- Que cherchons-nous exactement, Professeur Kracory? – Sonja a demandé suspicieusement.

Kracory était fasciné par le paysage. Cela ferait une belle image.

--- Madame et Messieurs,je veux vous présenter le Monastère de Kiiv Pechersk Lavra.Lavra est un titre honorifique, reconnaissant son importance pour toute la région de Kiev. Elle a été fondée en 1051 par Santo Antônio Eremita. Il a atteint son apogée avant 1786. À cette époque, le monastère de Pechersk contrôlait 3 villes, 7 villes, 200 villages et comptait 70 000 serfs. Elle comptait 11 poteries, 6 fonderies,150 distilleries, 150 moulins à farine et 200 tavernes. En 1786, le Gouvernement Russe a sécularisé les propriétés et pris le contrôle du monastère.

--- Ce n'était pas pour moins. C'était un Ètat, dans un État.

--- En dessous, il y a encore plus de 800 mètres de grottes, entre 5 et 15 mètres de profondeur. Comme nous sommes en 1915, nous trouverons plus de 1000 moines à l'intérieur. Et des centaines de milliers de pèlerins, venus voir les reliques d'innombrables saints qui sont passés par ici, en plus de 900 ans.

Rodolfo regarda Sonja, Kelly, Jill et Kracory dans les yeux, un par un.

--- Connaître l'avenir n'aide pas à cacher les émotions. Dans deux ans, quand les bolcheviks arriveront, les choses vont se corser pour ces gens. Alors, évitez de les regarder dans les yeux, ou de montrer une quelconque implication. Comme tout le monde ici a des motifs tristes, n'attirons pas trop l'attention.

--- Mais notre Professeur préféré n'a toujours pas répondu à ma question. – La Comtesse a insisté. ---- Que cherchons-nous?

Le petit nain la regarda.

--- En 1453, Constantinople est encerclée par les Turcs. Sa chute était imminente. Il y avait une famille, d'origine scandinave, établie dans la ville depuis des siècles. C'était une famille très riche, avec une longue tradition dans la parfumerie. Le chef de famille, Bergsson, était l'un des plus grands parfumeurs du Moyen Âge. Très cultivé et riche, il possédait une immense bibliothèque.

--- Connaître. Seulement nous sommes venus à Kiiv. – dit Sonja.

--- J'y parviendrai. Bergsson a réussi à échapper au siège de la ville pendant la nuit, déguisé en Turc et en utilisant un petit bateau turc à une voile. Au début, j'ai cru qu'il était allé à Venise. Mais plus tard, j'ai réalisé qu'il serait trop risqué de traverser toute la mer Égée. L'empereur de Byzance avait demandé l'aide de l'Europe et une flotte chrétienne pouvait arriver à tout moment. Toute la surveillance turque serait concentrée dans la mer Égée.

--- Connaître.

--- Je me suis souvenu que votre famille était scandinave. J'ai envisagé la possibilité qu'il soit parti à l'Est,et j'ai fini par trouver le nom d'Aksu. La Fleuve Aksu était l'ancien nom du Fleuve Dniepr à cette époque.

--- Eh bien, à supposer que ce Bergsson ait remonté le Dniepr en bateau, et soit arrivé ici, qu'est-ce que c'est que ça?

--- La Famille Bergsson est établie à Constantinople depuis plusieurs générations. Ils étaient les Rois de la Parfumerie! Et l'Empire Byzantin avait contrôlé toute la côte de l'Afrique du Nord,de Gibraltar à l'Arabie.Et il avait des échanges avec la Chine et l'Inde. Certains récits disent que la collection de livres et de papyrus de la famille Bergsson,en plus de sa richesse, était étonnante pour l'époque.

--- Et vous pensez qu'il s'est échappé de Constantinople, apportant tout cela à Kiiv? Courir sous couverture au milieu de la nuit? Et probablement plus soucieux de sauver la famille?

--- Je ne dis pas tout, mais peut-être une bonne partie. Il ne s'est pas enfui à cheval, ce qui serait plus rapide. Il s'est enfui sur un bateau, où il pouvait transporter plus de poids. Il avait certainement des amis turcs et de l'argent pour les corrompre. Étant d'origine viking, il connaissait la route du Dniepr et devait avoir des amis à Kiiv.

--- Les rois chrétiens d'Europe occidentale étaient en guerre les uns contre les autres. Personne n'est venu en aide à l'Empire Byzantin.

--- Mais les Turcs ne pouvaient pas en être sûrs. Ils devaient rester vigilants et concentrer leur flotte en mer Égée, en attendant une éventuelle attaque.

--- En quittant Constantinople, la Mer Noire serait sans surveillance. Et un bateau turc passerait sans attirer beaucoup d'attention. Ce serait un bon plan. - Dit Roy.

--- Je vais demander à nouveau. - Dit Sonja, perdant presque patience. ---- Que cherchons-nous ici?

--- Tout ce qui nous mène à Bergsson.

La Comtesse fit un énorme effort pour ne pas exploser.

--- Comme ça? «Quelque chose de Bergsson»? Quelque chose d'un fugitif d'il y a 500 ans? N'avez-vous pas dit que ce monastère contrôlait des villes, des villages, 200 villages et des centaines d'usines et de tavernes? Et qu'il avait l'argent pour soudoyer des fonctionnaires turcs? Combien vous coûteraient certains des 70 000 serviteurs?

Le petit nain la regarda à nouveau. En fait, les deux se regardaient.

--- Eh bien, je vous dis que Bergsson était un parfumeur très cultivé et très riche. Il était certainement le plus grand amateur de parfums de son temps. Il avait assez de culture et d'argent pour acheter toutes les formules et tous les traités de son temps. Et je vous dis que lorsqu'il est arrivé ici,il était déjà un vieil homme. Qu'il venait de perdre sa maison, son entreprise, ses propriétés, à peu près tout. Seulement ce qui restait sur ce bateau. Jusqu'à présent, Bergsson avait échappé aux Turcs dans un bateau turc. Mais s'il continuait en amont, il trouverait des tribus slaves des deux côtés de la rivière. Des gens sauvages, armés de flèches incendiaires, et qui n'aimaient pas les navires turcs. Ses chances diminuaient. Telle est la question. Il aurait pu abandonner le bateau turc et s'enfuir par voie terrestre, ou dans un autre bateau. A moins qu'il n'ait à bord une cargaison lourde et précieuse. Et dans ce cas, un monastère chrétien, plein de grottes,pourrait arriver à point nommé. Si vous ne voulez pas vérifier Pechersk,j'ai une autre option. Mais vous l'aimerez encore moins.

Sonja sourit. Elle aimait le courage du petit nain. Ne pouvais tout simplement pas le montrer.

--- J'ai compris. L'autre option serait de rechercher tous les amis et connaissances de l'ancien Empire Byzantin, de Gibraltar à la Chine. Je ne sais pas si les semelles de mes chaussures peuvent supporter tout cela. Très bien, Professeur Kracory. Puisque nous sommes là, allons-y rencontrer Petchersk.

Le Commandant Azteca est intervenu. Il avait écouté chaque mot, analysant chaque point.

--- Alors, partons de cette théorie. Essayons de penser comme Bergsson.

Rodolfo a étudié la géographie locale. Et conclu:

--- Le Monastère est sur une colline, et au Moyen Âge, c'était ici un bosquet, avec très peu de maisons de domestiques. Je m'appelle Bergsson, j'ai un chargement à bord et je dois le transporter à l'intérieur du monastère. Un monastère chrétien ne refuserait jamais un abri aux chrétiens fuyant les Turcs. Encore plus apporter des livres très rares, et peut-être un peu d'argent. Si lui et sa famille sont arrivés jusqu'ici, ils étaient en sécurité. Ici, ils auraient toute l'aide dont ils avaient besoin.

--- Dans ce cas, les œuvres qu'il a réussi à apporter seraient dans la bibliothèque du monastère.

--- Exactement. C'est la Alternative 1.

--- Et la Alternative 2?

--- C'était il y a presque 500 ans, et Pechersk a eu des siècles très occupés après cela. Il a eu des gloires et des malheurs par les montagnes. Sans déprécier la valeur des livres religieux, mais les formules de parfum signifieraient de l'argent. Au milieu de la confusion, quelqu'un aurait pu voler ses livres au monastère.

--- Beaucoup de gens sont passés par ici. Certains pas si dévots.

--- Pensant comme un voleur, une possibilité serait de sortir les livres de la bibliothèque et de les cacher dans les grottes, en espérant revenir les chercher plus tard.

--- Si j'étais le voleur, je serais revenu bien avant d'avoir 500 ans.

--- Mais cela a peut-être laissé des traces. Ils gardent des reliques dans des grottes, il peut y avoir une histoire, une ancienne légende. Un voleur finit toujours par faire des erreurs.

--- Il y a encore une Alternative 3. - Kracory a dit.

--- Qui?

--- Un incendie a dévasté Pechersk en 1781. Une grande partie des œuvres qui se trouvaient ici ont été détruites.

--- Oh, Mon Dieu! – Dit Kelly en mettant son visage entre ses mains.

Azteca réfléchit à la situation.

--- Alors nous avons eu un incendie. S'ils étaient dans la bibliothèque, ils se sont peut-être échappés ou non. Cela, nous le verrons. S'ils étaient dans les grottes, le feu ne les a pas atteints. Séparons-nous.

XXXXXXXXXXXXXXXXXXXXXXXXXXXXXXXXXXXXXXXXXX

Une religieuse, tenant un enfant par les mains, se mêle à la foule des pèlerins. Ils entrèrent dans la nef de la Basilique, et observèrent les portes latérales. Ils en virent une entrouverte, qui ouvrait sur un couloir.

L'enfant lâcha les mains de la religieuse et s'enfuit de son pas d'enfant. La nonne courut après lui, et ils franchirent tous les deux la porte. Ils trouvèrent un escalier, qui menait au 1er étage.

Il y avait beaucoup de mouvement à Pechersk ce jour-là. Des centaines de pèlerins occupaient la Basilique, et de nombreux bénévoles et religieux travaillaient dans les cours et les couloirs. Aussi, au 1er étage, plusieurs personnes circulaient dans les couloirs, discutant avec des prêtres.

Une porte grillagée, avec chaîne et cadenas, bloquait l'escalier menant au 2e étage, où se trouvait la bibliothèque. Là, l'accès était restreint.

Sans difficulté, la religieuse glissa une pince à épiler et cassa la serrure. entré rapidement, fermant la porte derrière lui.

Ils montèrent les escaliers jusqu'au couloir du 2e étage. La Bibliothèque était là, verrouillée.

--- Voulez-vous quelque chose? – Demanda un vieux moine, debout dans le couloir, en russe.

--- Je suis Nun Sonja, du monastère de Saint-Pétersbourg. Cet enfant y est apparu, parlant ukrainien. Mais il ne peut pas dire qui sont ses parents. Peut-être que la bibliothèque a des indices sur votre famille.

Le Moine regarda droit dans le visage de l'enfant, dont la tête était couverte d'un capuchon.

--- Vous pouvez arrêter de mentir. Vous êtes trop vieux et ridé pour passer pour un enfant. Vous avez presque mon âge.

--- Alors, assez parlé. - Dit Sonja en sortant un pistolet de l'intérieur de sa soutane et en le pointant vers le moine. ---- Ouvrez tout de suite la porte de la bibliothèque.

Le Moine eut un sourire ironique, sortit les clés de sa poche et ouvrit la Bibliothèque.

--- Arrivé en retard. Vos amis sont déjà venus ici, utilisant des armes beaucoup plus grosses.

--- Nos amis? – Demanda Kracory en entrant, enlevant la cagoule de sa tête et verrouillant la porte.

--- Pas besoin de faire semblant. Dans un monastère avec tant d'or éparpillé, qui volerait une bibliothèque? Seulement la Police Tsariste, du Programme de Russification. Vous cherchez des livres en ukrainien. Je ne comprends pas pourquoi ils ont utilisé des déguisements. Généralement, vous braquez des armes et défoncez des portes. C'est plus rapide.

Sonja et Kracory se regardèrent. La supercherie était formée. Mais le défaire serait trop dangereux. Le moine pourrait avertir la police tsariste pour de vrai. Incidemment, le moine lui-même pourrait être un agent pro-russe, pro-allemand ou pro-séparatiste. En Ukraine en 1915, n'importe qui pouvait être n'importe quoi, ou plusieurs choses, à la fois.

La Comtesse a décidé d'improviser.

--- Nous sommes en mission spéciale.Nous avons reçu des informations sur un complot visant à tuer le Tsar.

--- Et les conspirateurs sont ici, à Pechesk? Caché ici, dans la Bibliothèque?

--- Les conspirateurs ont laissé un livre secret ici.

Le Moine éclata de rire.

--- Je vous déconseille d'essayer de vous faire passer pour des policiers tsaristes. Vous n'avez aucune idée du fonctionnement d'OKHRANA. Vos déguisements sont ridicules.

Le Moine se leva et s'étira.

--- Si vous voulez me tuer, tirez tout de suite. Quiconque combat de vrais tsaristes n'aura pas peur de deux comparses comme vous.

--- Sommes-nous si mauvais? – Sonja rit, toujours avec le pistolet à la main, pointé vers le Moine.

--- Vous ne pouvez pas imaginer combien, Madame. Si les tsaristes suspectaient un livre interdit, ils enverraient une force d'au moins 10 hommes. Pendant que j'étais torturé sur une chaise, les soldats mettaient en pièces toute la bibliothèque. À ce moment-là, toutes les étagères seraient sur le sol.

Le Moine les regarda fixement. Surtout Sonja, qui lui a pointé l'arme.

--- Vous parlez un peu russe et ukrainien. Mais ils ne sont ni l'un ni l'autre. Et ils n'ont aucune idée de ce dans quoi ils s'embarquent. Je vais compter jusqu'à «trois»,pour que vous puissiez me dire qui vous êtes et ce que vous voulez. Après ça, je vais franchir cette porte et je vais chercher de vrais flics russes. Je leur dirai que vous êtes des agents allemands. Comme la plupart d'entre eux n'ont jamais vu d'Allemand, ils le croiront. Je parie que tu ne restes même pas deux jours dans leurs cachots.

Le Moine regarda le pistolet.

--- Ah,si tu veux me tuer dans le dos,n'hésite pas.J'ai dit mes prières pour aujourd'hui.

--- N'as-tu pas peur de mourir? - Demanda Kracory.

Le Moine regarda le petit nain.

--- Vraiment, vous ne connaissez pas l'Ukraine. Commencer le compte: Un.

Sonja a rangé le pistolet.

--- Nous ne pouvons pas vous dire qui nous sommes.

--- Deux.

--- Mais nous pouvons vous dire ce que nous recherchons. Antidotes contre les armes chimiques. Gazes poisoneux. De nombreuses vies dépendent de nous.

Le Moine regarda les deux. Cette fois, ils ont dit la vérité.

--- Et vous pensez que nous avons ce genre de choses, ici à Pechersk?

--- Peut-être qu'ils le font, et ils ne le savent pas. – Dit Sonja.

--- Je suis le Professeur Kracory, et elle est mon Assistante Sonja. Nous cherchons un livre, Ou des livres, nous ne savons pas combien.

--- Je suis le Moine Kroski. Moine Benés Kroski. - Dit le religieux en s'asseyant sur sa chaise. Vos accents... vous parlez bien l'ukrainien, mais vous n'êtes pas ukrainien. Elle m'a presque trompé en tant que Russe, mais elle n'est pas Russe. Nous savons tout sur les Russes. J'ai entendu dire que de nombreux Slaves avaient émigré en Amérique.

--- Nous avons également entendu. – Dit Sonja.

Le Moine croisa les bras.

--- Ils ne veulent pas dire d'où ils viennent, ils sont durs. Je suppose que ce sont des Américains. Qu'est-ce qu'ils sont venus chercher, exactement?

--- Manuscrits et parchemins, peut-être. Ils ont été amenés par un Byzantin nommé Bergsson en 1453 lors de la prise de Constantinople par les Turcs.

Le Moine Kroski les regarda avec une totale incrédulité.

--- Vous vous moquez de moi ou vous êtes complètement fou? Avez-vous une idée du monde misérable dans lequel nous vivons aujourd'hui, ici et maintenant? Vous êtes venu ici, les armes à la main, pour déterrer une disgrâce vieille de près de 500 ans? Pouvez-vous imaginer combien de malheurs se produisent en ce moment sous votre nez?

XXXXXXXXXXXXXXXXXXXXXXXXXXXXXXXXXXXXXXXXXXXXXXXXXXX

Un moine et un novice suivirent le groupe dans l'escalier de pierre qui menait aux grottes. Ils évitaient de parler, même entre eux, ne communiquant que par signes.

Bientôt, ils ont vu que les couloirs des grottes étaient très étroits. Le passage de deux personnes, l'une qui monte, l'autre qui descend, était très serré. C'était une expérience vraiment claustrophobe.

Resterait le problème de l'humidité.Papiers et papyrus ne pouvaient pas rester longtemps à l'intérieur. Il devrait y avoir suffisamment de ventilation pour les visiteurs, mais une bibliothèque aurait besoin d'un endroit beaucoup plus aéré.

Compte tenu de la situation politique,les livres auraient pu être confisqués par les Russes, ou un autre envahisseur. Ils auraient pu moisir, voire disparaître. Ou tout simplement ont été détruits, autre possibilité pas lointaine.

Décidément, les papiers de Bergsson n'étaient plus dans les caves. S'ils l'ont jamais été.

Le moine et le novice firent quelques prières, devant des reliques, et commencèrent à monter les escaliers, vers la sortie.

Ils pouvaient déjà voir le reflet du Soleil en haut des escaliers, lorsqu'ils ont senti des objets pointus sur leur dos.

Un jeune homme a parlé, doucement, quelque chose qu'ils n'ont pas compris. Mais ils n'avaient même pas besoin de comprendre l'ukrainien pour savoir qu'ils étaient kidnappés.

Du coin de l'œil, le moine vit qu'il s'agissait de deux garçons d'environ 20 ans chacun. L'un était sur son dos. L'autre, sur le dos du novice.

Ils continuèrent à monter les escaliers et sortirent des grottes.

Dehors, un peloton de l'armée russe fouillait les issues. Le moine et le novice ont reçu les salutations religieuses des soldats,et ils ont répondu.Ses deux compagnons se cachèrent le visage et saluèrent également. Ils ont donc échappé au magazine.

Les quatre sont allés à l'arrière du monastère. Ils sont entrés par une porte et quelqu'un leur a bandé les yeux. Ils suivirent les yeux bandés à travers une série de portes et de couloirs,jusqu'à ce qu'ils atteignent un escalier en pierre,qui devait donner accès à une autre grotte.

Ils l'ont senti quand ils ont été poussés sur deux chaises et attachés.

Les bandeaux ont été enlevés et ils ont pu voir la nouvelle grotte.

Il était beaucoup plus large que les précédents. C'était une très grande pièce, avec un peu d'éclairage naturel, ce qui signifiait qu'elle aurait un peu de plein air, peut-être sur le toit du monastère.

Il y aurait environ 20 hommes et 3 femmes dans la grotte, tous armés.

L'un des jeunes hommes qui les avaient kidnappés souleva la soutane du moine, montrant qu'il portait des bottes militaires. Il souleva la soutane de la novice et montra qu'elle portait aussi des bottes. Ils les ont fouillés tous les deux, mais n'ont trouvé aucune arme sur eux. Du moins, rien de ce qui, en 1915, était reconnu comme une «arme».

Le garçon fit des gestes, montrant que les deux communiquaient par des signaux étranges, à l'intérieur de la grotte.

Le groupe ne quittait pas des yeux les deux prisonniers. Le patron a posé quelques questions en ukrainien, puis en russe. Ni l'un ni l'autre n'ont rien compris.

Après tout, le faux moine Rodolfo Aztec a ri:

--- Je ne pense pas que nous ayons réussi ici en Ukraine.

Kelly, le faux novice, a également ri.

--- Je ne pense pas que ces brutes aient jamais utilisé de parfum dans leur vie.

Les deux ont beaucoup ri. Le chef de groupe a également ri.

--- Alors vous parlez anglais. Mais ils ne sont pas anglais. Les Américains?

--- Je viens du Texas, elle vient de l'Ohio. sait?
--- Non, mais ça explique les accents. Qu'êtes-vous venu faire en Ukraine?
--- Tourisme. L'Amérique est un pays neutre.
        L'homme rit. Il était grand, environ 45 ans, vêtu d'un uniforme de colonel de l'armée. Les autres portaient des vêtements civils.
--- Neutralité. Ça doit être un joli mot, Amérique. Mais cela n'existe pas, ici en Ukraine. Ici, tout le monde a son côté. Et ils risquent leur vie chaque jour pour lui. Soit ils sont pro-russes, soit pro-allemands, soit pro-ukrainiens. Comme nous. Nous sommes les Lions d'Ukraine.

Chapitre 4

«Y A-T-Il Quelque Chose Que Tu Veux Me Dire?»

"Votre mémoire est un monstre.
Elle est invoquée de son plein gré.
Vous pensez avoir une mémoire.
Mais c'est elle qui t'a.»

John Irving, écrivain américain.

--- Moine, puis-je parler un instant à mon Assistant? – Demanda le petit nain.
        Kroski commençait à apprécier la situation.
--- Installez-vous confortablement, Professeur Kracory. J'ai tout le temps du monde.
        Kracoy s'approcha de Sonja, qui veillait toujours sur le moine.
--- Ce moine est un idiot complet! - Il murmura doucement. – Il pense avoir vu des malheurs, avec la russification tsariste. Seulement, dans deux ans, les bolcheviks arriveront. Le monastère sera un musée anti-religieux et les moines seront envoyés dans les Goulags en Sibérie.Ils feront encore l'expérience de l'extermination par la faim de l'Holodomor et rencontreront Staline et Hitler. Lorsque les nazis arriveront à Kiiv, les Russes dynamiteront le monastère.Comment vais-je expliquer cela à un idiot qui pense détenir la Vérité?
--- Vous ne pouvez pas le traiter d'idiot. Nous avons besoin de l'aide de cet idiot pour retrouver le livre, au milieu de cette Babylone de papiers. Alors retournez-y et trouvez un moyen d'obtenir l'aide de cet idiot.
--- J'ai compté le mot "idiot" cinq fois. M. devrait accepter les conseils de son Assistant, qui ressemble plus à son Patron.
--- Nous parlons du livre "L'Idiot", de Dostoïevski.
--- Bon essai. La Littérature Russe est sur la première étagère à droite.
--- Très bon à savoir. Un autre jour qui sait?
        Le Moine Kroski les regarda tous les deux.
--- Il est clair que vous savez des choses que j'ignore. Y a-t-il quelque chose que tu veux me dire?
--- Non! – Ils ont répondu tous les deux en même temps.
--- Alors pourquoi devrais-je les aider à remplir leur mission? Des milliers de vies dépendent de vous? N'as-tu pas peur d'échouer sans mon aide?
        Sonja a pris en charge la situation.
--- Monge Benés, je comprends dans quel monde tu vis. Pour vous, il serait normal que nous vous torturions et vous tuions. Brûlez votre bibliothèque,et nous pourrons obtenir tout ce que nous voulons, par la force. Et vous n'avez pas tort. Peut-être voyez-vous encore ce jour venir. Mais pas aujourd'hui, pas pour nous. Nous ne partirons pas d'ici, avec ton sang, et celui de tes frères,sur nos mains. Si tu avais réagi,je t'aurais tiré une balle dans les pieds, pour te retarder, et nous donner le temps de fuir. Je ne te tirerais jamais une balle dans la tête. Quoi que l'avenir nous réserve, nous ne serons pas ses instruments. Si nous devons échouer pour cela, nous échouerons. La vie est ainsi. Vous ne pouvez pas toujours gagner.
        Le Moine bibliothécaire les regarda tous les deux. Finalement, il se leva de sa

chaise et entra dans un couloir.

--- Très bien. Je ne veux pas qu'ils me frappent les pieds avant que je m'enfuie. Je vais vous montrer quelque chose.

Ils descendirent un couloir,entre les étagères. Le Moine les emmena dans une pièce séparée, pleine de très vieux livres.

--- Bergsson de Constantinople était, en plus d'être marchand, également étudiant en parfumerie. Tu as eu de la chance. Il écrivait en latin. Les Russes ne les ont pas pris parce qu'ils ne cherchaient que des livres en ukrainien. Les livres en latin étaient sans valeur pour les ignorants semi-analphabètes. Son "Traité de parfumerie", une énorme encyclopédie massive en 10 volumes avec près de 1 000 pages chaque volume, fut l'une des pertes les plus sincères de l'incendie de 1781.

La déception de Kracory et Sonja était réelle. Un joyau comme ceux perdus dans un incendie!

--- Mais - Ajouta le Moine --- Bergsson avait un disciple, ici au Monastère. Le Moine Andrey Drominitj vivait au moment de l'incendie. Il a pu étudier l'œuvre originale de Bergsson, et écrire son propre travail, presque une mise à jour du travail de son idole. Lorsque l'incendie du monastère s'est déclaré, Drominitj était en voyage et il avait emporté ses originaux avec lui. En 1782, un an après l'incendie, le Moine Andrey publia son livre, pour aider aux travaux de reconstruction.

Kroski sortit deux gros volumes poussiéreux du fond d'une étagère.

--- Et voilà votre chance. Si Drominitj avait écrit en ukrainien,les Russes auraient brûlé ses livres. Mais il devait être vendu en Europe. Il écrivait donc aussi en Latin. Ceux-ci ont donc survécu. Voici les deux volumes de Moine Andrey. Ce ne sont pas les 10 000 pages de Bergsson. Andrey a condensé, agrandi,mis à jour et a fini par atteindre 2 000 pages.

--- Je suis sûr qu'il a fait un travail extraordinaire, Moine Benés.

--- Ce livre est un héritage du peuple ukrainien. Mais, je pense qu'à l'avenir, les Ukrainiens ne se préoccuperont plus trop de la parfumerie. N'est pas?

Sonja et Kracory se regardèrent. Kracori a répondu

--- La gloire des Cosaques sera défendue autrement. Mais ce livre remplira son objectif initial, aider à préserver l'Histoire de l'Ukraine.

--- Et tu ne veux pas me dire comment?

--- Non. – Sonja et Kracory ont répondu en même temps.

Il y eut un silence. Après tout, le Moine Kroski a décidé.

--- Alors, considérez ceci comme un cadeau du peuple ukrainien.Vous êtes les premiers étrangers qui entrent ici, prêts à échouer, devant un moine désarmé. Vous n'êtes certainement pas russes.

Les deux embrassèrent Moine Benés Kroski avec effusion. Ils savaient que c'était un adieu.

--- Maintenant sortez d'ici, Parfumeurs! - Dit le Moine, d'une voix étouffée. ---- Il y a beaucoup de Russes là-bas, et ils ne sont pas près d'échouer. Et si l'un d'entre eux le sont, ils seront sommairement fusillés.

Kracory enveloppa étroitement les livres dans du tissu.

--- Je m'occupe des livres. –Dit le petit nain. ---- Je préfère que vous gardiez les mains libres, afin que nous puissions ouvrir la voie et sortir d'ici.

Sonja hocha la tête, voyant le poids et la difficulté des colis.

--- Alors reste juste derrière moi. - Dit-elle.

Ils pensèrent commencer à descendre les escaliers, mais ils entendirent des soldats russes en bas. Sonja a décidé.

--- Ils ne sont pas après nous. Découvrez les livres, laissez-les exposés, ils sont importants pour nous, pas pour eux.

Kracory enleva la nappe et descendit, emportant les livres.

Ils sont descendus au 1er étage et ont trouvé un groupe de soldats qui fouillaient les gens.

La fausse religieuse s'adressa à l'officier responsable, en russe.

--- Je suis venu chercher des livres de parfumerie, à emporter à Saint-Pétersbourg. Ce nain est créé, Sasha. Il est muet.

L'officier ouvrit le livre et feuilleta quelques pages. Ni la parfumerie ni le latin ne semblaient l'intéresser.

--- Peut aller.

Cette même opération a été répétée trois fois de plus, avec trois officiers différents. Les parfums, à Saint-Pétersbourg, signifiaient les dames de la cour du tsar et leurs courtisans. Aucun officier n'a voulu discuter avec une religieuse à propos de livres de parfumerie en latin.

Ils arrivèrent au point de rendez-vous, où Jill les attendait. Kracory était épuisé. Il avait transporté ces rochers sur plus d'un mile, avec seulement des arrêts rapides! Il posa les livres de côté et s'allongea sur le sol.

--- Pourquoi m'as-tu appelé Sacha? Sasha était un nom commun parmi les serviteurs! Et il a même dit que j'étais stupide!

--- Préférez-vous que je vous appelle Professeur Reinhardt? Ici, Reinhardt est un nom allemand, et les professeurs sont des intellectuels subversifs. Et les muets ne discutent pas de politique et ne répondent pas aux questions.

--- Que se passe-t-il au Monastère? -Demanda Jill en mettant les livres dans une boîte.

--- Ils recherchent un groupe de la Résistance Ukrainienne, appelé "Lions de Kiiv". Les soldats ont vu deux d'entre eux kidnapper un moine et un novice dans les grottes.

--- Doit être le Commandant et Kelly. J'essaie de les joindre, mais ils ne répondent pas. - Dit Jill.

Kracory a retrouvé une partie de sa force et de son courage.

--- Ils doivent avoir des ennuis. Nous devons y retourner et les secourir.

La Comtesse Sonja Narodja a rejeté l'hypothèse.

--- Impossible. Le Monastère est immense, ils peuvent être n'importe où. Et même si nous savions où ils sont, les Russes nous ont déjà vus. Si on y retourne, on va éveiller les soupçons, et ils nous suivront. Si Roy et Kelly se cachent, nous emmènerons les Russes nous-mêmes.

Kracory s'assit par terre.

--- Sonja, tu penses comme quelqu'un de 1915. Mais nous sommes de leur futur, tu te souviens?

La Comtesse ne comprit pas tout de suite.

--- Nous avons des drones, avec des caméras avec des capteurs. On peut scanner l'endroit, les localiser, et s'ils ont des problèmes, on peut les aider à s'échapper.

Sonja applaudit le petit nain et se tourna vers Jill.

--- Capteurs infrarouges. Mais le monastère est plein de monde. Ont-ils pris des objets traçables?

--- Les moines et les novices ont des crucifix. Les leurs ont des trackers. - Dit Jill.

--- Génial. Je dois avouer une chose. J'étais heureux de remplir la mission à l'ancienne. Nous sommes entrés dans Pechersk déguisés, avons récupéré les livres et sommes

sortis par la porte principale. Pas de gadgets futuristes. Comme le ferait quelqu'un de cette époque.
--- Sauf qu'ils ont eu beaucoup de pertes, justement,au moment de l'évasion.En raison du manque de communication et des désaccords. C'est ainsi que beaucoup de gens ont été laissés pour compte. - Dit Kracory.
--- Personne n'est laissé pour compte dans notre armée. Cette modernité que nous avons.
		Jill a ajouté:
--- Le Commandant et Kelly sont bien entraînés.Ils savent quoi faire.Nous devons juste leur faire savoir que nous avons les livres.
--- Génial. – A déclaré Sonja Narodja.

		XXXXXXXXXXXXXXXXXXXXXXXXXXXXXXXXXXXXXXXXXX

--- Alors recommençons. - A déclaré le Colonel Ukrainien. – Oleg et Piotr vous ont vu dans les grottes. Deux religieux ont été surpris qui ne parlaient pas,observaient tout et échangeaient des signes étranges. En plus de cela, porter des bottes au lieu de sandales. Ils vous ont attrapé, pensant que vous étiez des agents russes. Seuls nos informateurs au Monastère disent que les Russes ne vous connaissent pas non plus. Ils sont là-haut maintenant, interrogeant les moines, cherchant un moine et un novice, sympathisants rebelles. Que sommes-nous? Situation intéressante. Les Russes te cherchent, et tu es là. La question est: Qui es-tu?
--- Nos déguisements étaient-ils si mauvais? – Roy a demandé.
		Une des femmes parlait anglais, et intervint:
--- Dans quel couvent une novice se maquille-t-elle autant? On dirait qu'elle vient d'un bordel.
--- Eh, bien, sachez que je suis une fille hétéro. – A répondu Kelly.
--- Je connais votre type de loin. – Dit la femme.
		L'un des garçons s'est approché du chef et lui a dit quelque chose. Le Colonel se tourna vers eux deux.
--- Oleg pense que nous devrions vous tuer bientôt. Donnez-moi une bonne raison de ne pas être d'accord avec lui.
		Azteca sourit au Colonel.
--- Vous serez découvert,e vous aurez besoin de notre aide pour échapper aux Russes.
--- Ah, donc vous admettez que vous travaillez pour les Russes.
--- Les Russes recherchent Oleg et son ami. Et aussi pour nous, parce que vous pensez que nous sommes vos complices.
		Une porte latérale s'ouvrit dans le mur de la grotte et un vieux Moine entra.
		Il a dit quelque chose au Colonel. À un moment donné, il a fait un geste avec une de ses mains, indiquant un homme de petite taille, et une femme, déguisée en nonne.
		Roy Azteca se tourna vers Kelly.
--- Ils parlent du Professeur Kracory et de Sonja. Ce doit être le moine bibliothécaire.
		Tous les regards se tournèrent vers lui. Le Colonel les regarda avec colère.
--- Vous avez dit que vous ne pouviez pas parler ukrainien!
--- Et nous ne savons pas. Mais il a indiqué la taille de Kracory et une femme nommée Sonja. Ce sont nos collègues. Ils allèrent à la Bibliothèque chercher un livre sur la parfumerie de Bergsson de Constantinople.

--- Parfumerie? – Demanda le Colonel. - Quelle stupidité est-ce?

Le Moine fit un geste de la main, interrompant le Colonel. Il était clair qu'il était le mentor intellectuel et politique des «Lions». Le Colonel était le stratège militaire et l'homme d'action.

--- Le Professeur et Sonja sont-ils vos amis? Pourquoi voulaient-ils tant ce livre?

--- Il a peut-être l'antidote des gaz toxiques, très mauvais. Ont-ils réussi à obtenir le livre?

--- J'ai compris. Je leur ai donné, et puis je les ai vus, passé les gardes et à travers la porte.

Le Commandant et Kelly soupirèrent de soulagement.

--- Ils l'ont fait. La mission a été un succès.

Le Colonel se tourna vers eux deux, toujours attachés à leurs chaises.

--- Vous n'oubliez rien?

Ils entendirent un caillou frapper avec insistance sur un tuyau de zinc.

--- Ils nous ont trouvés. - Kelly a dit en souriant.

Le fauteur de troubles était abasourdi.

--- Comment avez-vous trouvé? Nous sommes dans une grotte, à plus de 10 mètres de profondeur!

--- Il devrait y avoir un tuyau d'air ici. Venant du toit, à travers les murs. - Dit Roy.

--- Ils ont dû utiliser le scanner du drone, pour faire une cartographie 3D des grottes. - Dit Kelly.

La femme était furieuse.

--- Mais de quoi parle cette folle?

--- Attendre! - Dit Roy.

Ils ont continué à entendre le bruit du caillou frappant le zinc.

--- Nos amis disent que les Russes ont encerclé les grottes.Ils forment une troupe pour envahir les tunnels. Ils ont reçu l'ordre, par radio, de tuer le Colonel Stanislav et tout son groupe. Ils reconnurent Oleg, leur fils. Et...

Azteca et Kelly se sont arrêtés. C'est Kelly qui a parlé.

--- Derrière ce mur, il y a une personne sur un lit. On dirait un enfant malade.

Le groupe était étonné. Le Moine les calma.

--- J'ai donné le livre que vos amis voulaient. Ici en Ukraine, nous avons la coutume de rendre les faveurs.

--- Très juste. S'ils nous laissent partir, je peux répondre à nos amis pour qu'ils nous sortent d'ici. Ou bien nous pouvons rester ici, en attendant l'arrivée des Russes.

--- Ils ne trouveront jamais cette grotte. – Dit la femme.

--- Et ils n'en ont même pas besoin.Entourez simplement le monastère et attendez que votre eau et votre nourriture s'épuisent. Vous serez enterré vivant. - Dit Kelly.

--- Relâchez-les. – Ordonna le Moine Kroski.

--- C'est de la folie! Ils parlent à une pierre! - La femme a crié.

--- C'est un code dérivé du Morse. - Dit le Colonel. --- Mais quiconque heurte ce tuyau de zinc devrait être suspendu à la tour, à plus de 30 mètres de haut. Là dans la voûte de la Basilique. Et je me demande comment il est arrivé là, sans que les Russes s'en aperçoivent. Et comment ont-ils vu Sorgi ?

--- Bonne question. Je peux répondre? – Demanda Azteca.

Le Colonel hocha la tête,ordonnant à ses hommes de détacher les prisonniers. Le Moine a dit:

--- Répondez à vos amis. Si vous mentez, ce sera facile à découvrir. Je leur ai donné le livre qu'ils voulaient. Demandez-leur qui je suis et comment s'est passé notre rendez-vous.

Rodolfo Azteca a pris le crucifix de son cou,l'a retourné et a commencé à taper avec son pouce sur la base, là où seraient les pieds du crucifié.

Tout le groupe était étonné. La femme bavarde bégaya:

--- Mon Dieu! Vous ne respectez même pas un objet religieux! Un crucifix!

Kelly a répliqué:

--- Comme saint Pierre, cherchant son salut, renversant sa croix.

Le tapotement du caillou sur le tuyau de zinc revint. Azteca a répondu:

--- Vous êtes le Moine Benés Kroski, Bibliothécaire de Pechersk. Les originaux de Bergsson ont été brûlés dans un incendie, et vous leur avez donné les livres du Moine Drominitj. Et le Professeur Kracory s'excuse de l'avoir traité d'"idiot" 5 fois. Il le considère comme un grand homme et un grand patriote.

Tous les regards se tournèrent vers Kroski. Il était visiblement excité.

--- C'était ça. – Confirma le Moine.

Le Colonel Stanislav a pris le contrôle de la situation.

--- Nous demanderons des explications plus tard. Maintenant, sortons d'ici.

--- Puis-je jeter un œil à Sorgi? - Demanda Kelly.

Le Colonel se tourna vers la femme bavarde. Sorgi doit être son fils.Elle hocha la tête, consentante.

Le groupe les a emmenés à l'ouverture de la grotte, où un garçon maigre, âgé d'environ 8 ans, était allongé sur un rocher.

Kelly s'est approchée du garçon et a examiné son poignet, son cou et sa poitrine.

Kelly se tourna vers le groupe et secoua la tête.

--- Malnutrition. Depuis combien de temps ce garçon n'a-t-il pas mangé?

--- Nous n'avons jamais eu assez de nourriture. Mais nous nous sommes cachés pendant presque une semaine. Nous avons mangé ce que nous avons trouvé dans la brousse.

Lieutenant Kelly Falsburg, Armée de Polaris, sentit ses larmes couler sur ses déguisements de novice ou de commis. La faim et la misère étaient les mêmes dans tout l'Univers à tout moment.

Malnutrition. Même s'ils pouvaient obtenir de la nourriture solide, le garçon ne serait pas capable de la digérer. Il n'y avait rien que leurs technologies avancées pouvaient faire là-bas, dans cette grotte.

Le Colonel Stanislav a évalué la catastrophe imminente.

--- Les Russes n'auront qu'à bloquer les sorties des grottes, et attendre notre mort, à l'intérieur.Notre seule option est de nous frayer un chemin et de mourir en combattant. Nous ne mourrons pas cachés. Nous tomberons les armes à la main.

L'Azteca a vu le groupe sortir ses armes et se diriger vers l'une des sorties. Envoyé un message à Sonja. En quelques minutes, il reçut une réponse.

--- Il y a peut-être une autre option. Il y a une grotte sous le Dniepr que les Russes n'ont pas bloquée.

Stanislav secoua la tête, non.

--- Je connais toutes les grottes de Pechersk comme ma poche, Étranger. Il n'y a pas de grotte, sous la rivière.

Azteca a envoyé un autre message.

--- L'entrée est à 100 mètres, sur notre droite. Elle est bloquée par un rocher. Et il semble être plein de serpents.

Le Moine Kroski regarda Azteca et Kelly de haut en bas.

--- Il parle des Grottes du Serpent. Comment sais-tu cela?

--- Grotte des Serpents? – A demandé Stanislav.

--- La grotte n'a pas été fouillée par les moines et les serviteurs. Elle existait déjà. Les moines l'ont découvert lors de leurs fouilles, et ont placé la pierre barrant l'entrée, pour empêcher les serpents d'envahir les autres grottes.Les serpents sont l'image du Diable, qui a ensorcelé Adam et Eve. Ce serait une hérésie pour eux d'être sous un monastère. Alors ils placèrent la pierre à l'entrée, et plus personne ne parla d'eux. Seuls moi et quelques vieux moines, connaissant l'histoire du monastère, saurions cela.

--- Moine Kroski, vous m'avez demandé de vous rendre un service. Et nous avons ici un groupe de patriotes ukrainiens condamnés. Dans mon pays, nous avons aussi la coutume de rendre des faveurs.

Kroski hésita. Il était sur le point de commettre une hérésie pour sauver sa vie. Un acte doublement sacrilège. Mais cela sauverait également 20 autres vies précieuses.

--- C'est fou. - Dit le Moine. – La pierre qu'ils y ont mise est énorme.

--- Nous pouvons le réparer.

--- Même s'ils enlèvent la pierre, les serpents envahiront cette grotte et d'autres. Je ne peux pas être d'accord avec cela.

Le caillou heurta à nouveau le zinc.

--- Les Russes sont entrés dans les grottes. C'est à environ 200 mètres d'ici. Si nous relâchons les serpents, ils seront bientôt leur problème.

Stanislav est intervenu.

--- Moine Kroski, j'ai vécu toute une vie de péché, de meurtre et de guerre. S'il y a la moindre chance de commettre un péché de plus et de sauver la vie de mes hommes, je suis prêt à aller en enfer avec plaisir. Je prends tous les risques. Retournez dans votre bibliothèque et prétendez que vous ne savez rien. Nous sommes des hommes recherchés. Les Russes nous connaissent. Par les serpents ou les Russes,nous n'aurons pas la même mort lente que Sorgi.

Kroski regarda Azteca et Kelly dans les yeux.

--- Étrangers, considérez vos faveurs payées. Quoi qu'il arrive, tu as donné à mes amis quelque chose qu'ils n'avaient pas: l'Espoir.

Le moine les serra tous les deux dans ses bras. Puis il a étreint et embrassé un par un les Ukrainiens. Bénissez tout le groupe. Puis il s'engagea dans le passage qui menait au Monastère.

--- Il est celui qui risque le plus, de nous tous. - Dit Stanislav. - Le seul qui affronte les Russes tous les jours et n'a aucun moyen de se cacher.

La femme prit Sorgi dans ses bras. Il était déjà mort.

--- Mon fils m'accompagne partout où je vais. Je vais t'enterrer comme un libre. Ou mourir en essayant.

Le tapotement du zinc est revenu.

--- Russes à 150 mètres et se déplaçant rapidement. Nous n'avons plus de temps à perdre.

--- Aucun de nous ne sait où se trouve cette pierre. Nous sommes dans une grotte,tous les murs sont en pierre. Nous n'avons jamais entendu parler de celui-ci.

--- Colonel, me permettrez-vous de prendre le commandement jusqu'à ce que nous atteignions l'autre côté?

Stanislav sourit.

--- Avec plaisir, Étranger. C'est la première fois qu'un étranger demande la permission, de nous commander.

--- Je m'excite. Nous allons.

Ils ont traversé les tunnels. Roy était guidé par un petit appareil, semblable à un petit miroir. Il s'arrêta devant un mur, comme tant d'autres. Pas étonnant que personne ne l'ait remarquée.

--- Les moines couvraient l'entrée de pierres et plâtraient l'extérieur, afin que personne ne découvre les serpents. Ils étaient démoniaques, pour eux. Entrons par effraction.

Sans trop réfléchir, les hommes ont commencé à percer le mur de la grotte à l'endroit indiqué. Bientôt les pierres tombèrent et une caverne sombre apparut devant eux.

Bientôt,ils virent les serpents et les araignées venimeux,qui avaient causé une telle horreur chez les moines.

--- Je pense que je comprends maintenant ce que signifie "démoniaque".-Dit Stanislav.

--- Bientôt les Russes comprendront aussi. Nous allons. – Dit Azteca en entrant dans le tunnel.

--- Tu es fou? Allez-vous y entrer? - Dit la femme, portant l'enfant.

--- Nous allons. Et viens bientôt, après nous. Nous n'avons pas beaucoup de temps. Et calme, ne parle pas, pas de bruit. – Répondit Kelly en entrant derrière le Commandant Azteca.

Stanislav se signa et entra, suivant les étrangers. Bientôt, tout le monde le suivit.

Ils se suivaient en file indienne, l'un après l'autre. L'appareil entre les mains d'Azteca émettait une forte lumière, suffisante pour que chacun puisse voir le compagnon devant lui.

Peu à peu, ils remarquèrent quelque chose d'étrange.

Au passage, les serpents s'enroulèrent et les araignées se cachèrent. Il y avait aussi des lézards dans les fissures des rochers, mais aucun ne les a attaqués.

Aussi faibles et fatigués qu'ils étaient, aucun d'eux n'osait montrer la moindre faiblesse. Ils assistaient à un miracle. Ils iraient jusqu'au bout, coûte que coûte.

Ils entendirent le bruit du Dniepr au-dessus de leurs têtes, ils passaient sous le fleuve!

Peu de temps après, ceux qui étaient devant répétaient un signal à ceux qui étaient derrière pour qu'ils s'arrêtent. Ils ont réalisé qu'il y avait un rocher, bloquant la sortie.

Il y a eu un moment de tension, mais le signal était pour que tout le monde reste calme.

Bientôt,ils entendirent le bruit d'un petite explosion.La pierre avait été roulée.

Personne n'a compris. Comment auraient-ils pu y utiliser de la dynamite sans effondrer toute la caverne? Et comment avaient-ils obtenu de la dynamite?

Mais ils sentaient l'air frais entrer plus fort par la sortie de la grotte.

C'était tout ce qui comptait vraiment.

Enfin, ils débouchèrent au milieu d'une forêt, à près de cinquante mètres de la rive du Dniepr.

Ils pouvaient voir les tours de Pechersk, de l'autre côté du Dniepr, à quelques kilomètres de là.

Vous n'aviez pas besoin de comprendre l'ukrainien pour comprendre leurs regards de gratitude. Stanislav a demandé:

--- Pouvez-vous nous dire comment vous avez fait?

Azteca sourit.

--- Non. Et n'essayez même pas de le refaire. La prochaine fois, les serpents te dévoreront vivant.

--- Pouvez-vous au moins nous dire vos noms?

--- Non. Moins ils en savent sur nous, mieux c'est. Cela, je peux vous le dire. Oh, un instant, Colonel.

Azteca a vu son miroir magique pendant quelques instants.Stanislav a regardé cette chose, mais il n'a vu que des points et des tirets. Il connaissait le code Morse. Mais ce n'était pas du Morse.

Rodolfo sourit à l'Ukrainien.

--- Nous avons des nouvelles mises à jour, Colonel. Les Russes ont amené deux régiments à entoure Pechersk. Ils ont déjà trouvé l'entrée du tunnel «démoniaque», et livrent un dur combat contre des serpents très en colère.

Stanislav sourit en retour.

--- J'aimerais être neutre, comme les Américains, mais je ne peux pas. Je suis d'enracinement pour les serpents.

--- Les Russes doivent penser que nous sommes entrés dans le tunnel et que nous sommes morts. Ils doivent fermer le tunnel en pensant nous y enfermer. Je suggère que vos hommes ferment cette sortie. De cette façon, ils ne sauront que vous vous êtes échappé et que vous êtes en vie que lorsque vous réapparaîtrez par surprise.

--- Eh bien, au moins j'ai découvert quelque chose sur vous, Étranger. Vous êtes ou étiez un militaire. Et un excellent stratège.

Le Colonel le salua et le Commandant Azteca répondit.

Maintenant, ils étaient frères d'armes. Mission accomplie.

Stanislav a donné des ordres, en ukrainien, et ses hommes ont commencé à pousser des rochers vers l'ouverture de la grotte.

Kelly avait dit au revoir au corps de Sorgi et avait étreint la femme fauteuse de troubles. Les Russes doivent souffrir, entre ses mains.

Les deux ont couru dans les bois et ont disparu.

Ils redoublèrent d'attention à ne pas être suivis, et se rendirent au point de rendez-vous.

Sonja et Jill étaient déjà prêtes à partir. Mais Kracory avait l'air très nerveux.

--- Vous voulez me dire ce qui se passe, Professeur? – Demanda Rodolfo Azteca.

--- Avez-vous une idée de combien nous interférons avec l'Histoire de la Terre aujourd'hui, juste pour obtenir ces livres? - Il a demandé.

Rodolfo et Sonja se regardèrent. La comtesse se tourna vers le petit nain.

--- Était-ce tant que ça? - Elle a demandé.

--- Les Russes reconnurent le jeune Oleg, fils du Colonel, et le suivirent jusqu'aux grottes de Pechersk. Ils firent venir deux régiments armés jusqu'aux dents et encerclèrent toutes les issues qu'ils connaissaient. Entre mourir de faim dans les grottes et mourir en combattant, les "Lions" choisiraient de mourir en combattant. Ils sortiraient pour tirer et ils seraient massacrés. Leurs corps seraient suspendus à des poteaux, pour intimider le peuple ukrainien.Ce serait l'issue normale de cette aventure. Stanislav et ses partisans étaient condamnés.

--- Dans l'histoire "normale", Kelly et moi ne serions pas là, Professeur.On finirait aussi par s'accrocher aux poteaux. Nous nous sauvons juste. Nous n'avons rendu service à personne.

--- Non. Vous disposiez d'un équipement électronique qui vous permettait de télécharger un plan en trois dimensions des grottes. Vous avez trouvé une grotte cachée, derrière un mur, que même les Ukrainiens ne connaissaient pas. Kelly a téléchargé un haut-parleur, qui émet à une fréquence ultrasonique. Imperceptible aux oreilles humaines, mais il affecte le système nerveux des animaux, paralysant leurs mouvements. Vous avez fait exploser le rocher qui bloquait la sortie,car il contenait des explosifs plastiques minuscules, cachés dans votre boucle de ceinture. Si nous n'avions pas été là, Stanislav et son groupe ne se seraient jamais échappés de cette grotte.

--- C'est vrai.

--- Maintenant, au lieu des photos de 20 autres martyrs, accrochées dans un musée, cet exploit fera de Stanislav un héros national. L'homme qui a échappé au siège de Pechersk. Vos «Lions», qui étaient aujourd'hui 20, demain seront 200, et puis, peut-être, milliers.

--- Peut-être, Professeur. Peut-être.

--- En 1917, les bolcheviks domineront l'Ukraine, presque sans résistance, car il n'y avait pas de chef, comme Stanislav, pour organiser les Ukrainiens.Ils n'étaient pas non plus reconnus par la Société des Nations, dans l'entre-deux-guerres, car ils n'avaient pas de leader politique solide, comme les Tchèques avaient Thomas Masaryk.

--- Vérité. Stanislav semblait être un bon leader.

--- En 1921, la guerre civile russe éclatera, entre communistes et anti-communistes. Russes rouges contre Russes blancs. L'Occident essaiera d'aider les Russes blancs de l'amiral Koltchak, mais il ne pourra rien faire dans les coins de la Sibérie. Mais si les Ukrainiens avaient un chef ici, sur les rives de la mer Noire, l'Occident pourrait être d'une grande aide. Même les canons de la Royal Navy auraient pu prendre part aux combats.

--- Ça pourrait être. Où voulez-vous aller, Professeur?

--- Si l'Union Soviétique avait perdu les terres fertiles de l'Ukraine en 1921, il n'aurait pas été en mesure de maintenir son régime pendant plus de 70 ans. La Guerre Froide, la course à l'Espace, rien de tout cela n'aurait été possible sans le grenier ukrainien qui alimente les Soviétiques. Avez-vous une idée à quel point l'Histoire Terrienne aurait été différente?

Rodolfo s'accroupit pour se tenir à la hauteur du petit nain et le regarder dans les yeux.

--- Professeur, avez-vous compté combien de fois vous avez dit «si», dans une histoire de près d'un siècle? Peut-être qu'un exploit comme celui de la grotte aidera Stanislav à devenir un héros. Mais les Russes seront toujours majoritaires, et la prochaine fois, au lieu de 2, ils enverront 10 régiments. Pensez-vous vraiment que les Ukrainiens iraient aussi loin sans aide?Et n'oubliez pas qu'avant la Royal Navy,les nazis arriveront encore.

Le petit nain avait l'air dubitatif. Et Azteca a contre-attaqué:

--- Professeur, si vous retourniez au Moyen Age en tant qu'artisan; si vous aviez des marteaux, des scies, des clous, du bois et du tissu: arrêteriez-vous de construire votre caravelle? Même en connaissant toutes les batailles navales du monde? De la colonisation des continents? Pas. Et pourquoi pas? Parce que vous n'êtes pas, n'avez jamais été et ne serez jamais Dieu. Vous n'êtes qu'un homme, avec tous les outils et rêves à votre portée. Vous ferez de votre mieux avec ce qui est entre vos mains.Et puis vous pouvez dormir paisiblement, la conscience tranquille. Vous avez fait votre part, du mieux que vous pouviez. Tout ce qui est hors de votre portée ne vous regarde pas.

J'aime beaucoup une phrase bouddhiste. «Si vous pouvez faire quelque chose, vous n'avez rien à craindre. Si vous ne pouvez rien faire, vous n'avez pas non plus à vous inquiéter."
--- Pouvons-nous continuer ce débat philosophique à la maison? – Demanda Sonja en entrant dans le téléporteur.--- Nous sommes toujours devant le Monastère de Pechersk en 1915. Et quand ces Russes se rendront compte qu'ils ont été dupés, je ne veux pas être ici, faire partie de la véritable Histoire de l'Ukraine.

Chapitre 5

Chemins Inattendus

"Les gens trouvent souvent leur destin,
sur le chemin qu'ils empruntent pour tenter de l'éviter.»

Jean de La Fontaine, poète et fabuliste français.

--- Quelle joie de vous revoir! - Sabrina célébrée. Chayse, à côté de lui, souriait de soulagement.
--- On dirait que vous avez passé un bon moment en notre absence. La Police Néerlandaise garde notre entrée. Le Commissaire travaille-t-il?
--- Vous ne faites que votre travail. Un certain gentleman anglais a entendu que vous seriez absent, et des messieurs du MI6 sont venus chercher un émetteur radio. J'aimerais lire leur rapport. - Chayse a ri.
        Sabrina rit et demanda:
--- Et vous, vous êtes-vous bien amusé en Ukraine?
--- L'Ukraine est très belle et Kiiv est une belle ville. En d'autres circonstances, nous aurions apprécié davantage.
--- Surtout, leurs grottes sont très belles. - Dit Kelly. – Ceux avec des serpents et des araignées sont donc incontournables.
        Sabrina et Chayse ont beaucoup ri.
--- Ils se sont aussi amusés avec les araignées! – Dit le Brésilien.
--- Alors c'était vraiment amusant! - Chase s'est moqué.
        Après une douche et un dîner, tout le monde a partagé ses aventures et a beaucoup ri.
        Plus tard, Rodolfo a cherché Sonja.
--- J'ai contacté le siège. Nos équipes d'assistance sont déjà entrées en action pour nous couvrir. Personne ne nous attendait, en Suède ou en Russie.
--- Nous avons fourni à Kostler l'itinéraire évident pour les terriens normaux. Gottenburg – Stockholm – Saint-Pétersbourg – Kiiv. Et "Big" a averti ses patrons que nous étions sortis. Et le MI6 est venu nous rendre visite, à la recherche d'un émetteur radio. La question est: pourquoi n'ont-ils pas alerté la police suédoise et russe de notre arrivée?
--- Serait-il préférable pour les Britanniques que nous tombions aux mains des Suédois ou des Russes? Ils peuvent même être amis maintenant, mais leur amitié n'est pas si grande.
--- Avec "Big" datant de Sabrina, le MI6 est plus proche de nous que les autres. Pourquoi partager vos découvertes avec des amis douteux?
--- La matrice a donné d'autres informations. Mansfield parcourt les familles présumées de Jill et Kelly. Il a trouvé les "arbres de Noël" dans les archives anglaises, mais n'a pas été convaincu. Il a également fait enquêter sur Sabrina au Brésil. Il a même trouvé la tombe de sa mère et la pension où ils vivaient. J'ai entendu toute son histoire avec les voisins.
        Pensa Sonja.
--- C'était inévitable, Roy. Sabrina est une vraie Terrienne.Si vous examinez son passé, vous trouverez tous les endroits où elle a travaillé.C'est une vraie personne. Mais les

filles d'officiers anglais sont des personnages fictifs. Il était clair que les Anglais allaient les trouver. Mais je ne pensais pas que c'était si tôt.Nous recevons trop d'attention.

--- Ils doivent déjà chercher les Aztecas, les Narodjas, les Chayses et les Kracorys ici sur Terre.

--- Ce serait même amusant, de favoriser une rencontre entre eux, avec nos vraies familles, Roy. À tout le moins, ce serait inoubliable.

--- Contentons-nous simplement de nos déguisements. Les équipes de soutien sont déjà en action.Comme toujours,ils ne donnent pas de détails.Les ordres sont de garder les histoires.

--- Mais pour combien de temps, Roy? Nous construisons un château de mensonges. Et un château de mensonges ne peut pas rester éternellement.

--- Nous devons trouver cet antidote rapidement et sortir d'ici avant que tout ne s'effondre. J'ai déjà envoyé les livres des Ukrainiens à Matrix.Ils vont tout numériser et ils ne nous enverront que les points dont nous avons besoin.

--- Mais c'était une grande victoire, Roy! Désormais, nous avons tout ce que l'homme savait sur la parfumerie, jusqu'en 1782!

--- L'incendie de Drominitj a coïncidé avec le début de la révolution industrielle. A partir de là, le monde a basculé. Voyages intercontinentaux, culture sous serre... Le Pays des Machines était une autre planète.

--- Aujourd'hui, nous avons gagné la Planète Médiévale. Nous penserons à Planet of Machines demain, Roy.

--- Je suppose que nous devrons réfléchir d'abord, Sonja. "Orion" veut renverser la vapeur et passer à l'attaque.

--- Comme ça?

--- Il a été très impressionné par le livre des Ukrainiens. Bergsson et Drominitj étaient très instruits. Leur travail est fantastique. Alors il s'est dit: «Si les terriens médiévaux pouvaient en savoir autant, imaginez les modernes!»

--- Je n'ai pas compris.

--- Il veut attirer chez nous les meilleurs parfumeurs du monde. Et utilisez le livre ukrainien comme appât. Il veut relancer le livre, dans une édition revue et augmentée, signée par nous.Un équipe de ghostwriters s'occupera de tout.Nous avons juste besoin de rencontrer des journalistes et de signer des autographes.

--- Juste ça? Est-il devenu fou? Nous serons le centre d'attention!

--- C'est l'idée. – Azteca a accepté.

--- L'idée de qui? Qui a eu cette idée folle? Lui, toi ou ce petit nain fou de Kracory?

   Azteca détourna le regard. Cela n'avait pas été un choix facile pour lui.

--- L'idée était Mansfield du MI6. Enquêter sur Jill et Kelly, et entrer par effraction dans notre maison. C'est déjà notre deuxième invasion. Le premier était Fraulein Doctor. Combien de temps faudra-t-il au commissaire Hinca pour obtenir un mandat de perquisition? Ils ont enquêté sur Sabrina, ils sont allés sur la tombe de sa mère! Nous aurions pu être arrêtés en Suède ou à Saint-Pétersbourg!Il est clair que notre stratégie défensive ne fonctionne pas. Nous recevons trop d'attention. Désolé de vous informer, mais notre anonymat est déjà passé à l'Espace. Sans jeu de mots.

--- Avec qui est-ce que je parle? Avec le Commandant Arkonak, ou avec un Poster Boy?

--- Qu'est-ce que tu préfères, Sonja? Expliquez à Kostler pourquoi nous ne voyageons pas pendant un mois? Ou expliquer, à la Police Hollandaise, comment fonctionne une téléportation extraterrestre?

--- Réussi à distraire Hinca.Le Commissaire ne le quitte pas des yeux. -Dit laComtesse.
--- Cela devrait être votre priorité. Les Hollandais nous surveillent et/ou nous protègent. Personne ne peut nous atteindre sans passer par les Hollandais.
---Envoyer une autre équipe de pillards serait trop risqué et pourrait compromettre Kostler.
--- Terry est devenu le "Homme d'Or". Décidez sur place et résolvez la situation. Attendez-vous à des émotions fortes. – Azteca a conclu en souriant.

Une jeune femme entra dans la librairie, l'air assez agacée.

Elle regarda le journaliste et le photographe de «Amsterdam Press», et leur mépris pour elle montra qu'ils se connaissaient déjà.

Elle était dactylographe pour «Amsterdam Press». Elle avait tapé sur une vieille machine à écrire rouillée toute la journée. Ses doigts étaient engourdis.

Son rêve était d'être journaliste. Mais, une femme? Journaliste? En 1915? Ridicule!

La fille aimait l'action. Si je le pouvais, je serais correspondant de guerre. Ou journaliste de police, pour signaler les fusillades.

L'éditeur en avait assez de l'insistance de la fille. Pour se débarrasser d'elle, il l'envoya après le travail voir la soirée d'autographes des Arkonaks.

C'était absurde, ils voulaient qu'elle voie «comment un homme travaille». A un lancement de livre de parfumerie? Était-ce sérieux?

Comme c'est excitant! Elle me coucherais plus tôt.

Mais dans la salle de rédaction, ses amis dactylographes lui ont dit que les parfumeurs étaient toujours impliqués dans des histoires bizarres: un capitaine allemand, assassiné par des extraterrestres fidèles, des invasions nocturnes, des voleurs entourés d'araignées, des policiers à la porte...

Maintenant, ils sont apparus avec un "Trahetat" de l'ère médiévale, ramené d'une zone de guerre!

Quels fous!

La dactylographe a trouvé le courage d'affronter une nuit froide et est allée faire plaisir à l'éditeur.

À tout le moins, personne ne pourrait dire que je n'ai pas fait d'efforts.
Il verrait «comment un homme travaillait», en parlant de parfumerie.
Hilarant.

La jeune fille est entrée dans la librairie, a salué le journaliste et le photographe, qui l'ont ignorée. Il regarda une copie, qui était exposée. Et commença à le feuilleter.

Le «Trahetat» était un livre énorme, avec plus de 1500 pages, format 50 cm X 30 cm, couverture rigide! Plein de gravures sculptées à la main et de noms latins. Il mêlait des textes techniques à des épisodes curieux. Un monstre littéraire!

Certes, l'intention n'était pas de figurer parmi les meilleures ventes. C'était un livre prestigieux. Son objectif était d'asseoir la notoriété de la Maison Arkonak dans le milieu des parfumeurs.

Seuls des connaisseurs et de très fervents admirateurs seraient intéressés par un tel livre.

En feuilletant les pages, la jeune fille commença à pâlir et à avoir des sueurs froides. Soudain, dans un élan de courage, il se dirigea vers la table d'autographes, où se trouvaient le Commandant Azteca, la Comtesse Narodja, Chayse et Kracory.
--- Excusez-moi. - Dit-elle en s'approchant de la table. --- Êtes-vous allé à Kiiv pour

obtenir ces originaux?

Le journaliste d'"Amsterdam" a couru après elle, essayant de la sortir de là, la tenant par le bras. Le Commandant l'arrêta.

Tout le monde se tourna vers elle, leurs expressions amusées.

Cela avait été l'incident le plus drôle de la soirée!

Ce fut la comtesse qui lui répondit, avec un beau sourire.

--- Eh bien, nous avons essayé. Nous avons même commencé le voyage à Kiiv. Mais, il est très difficile de voyager, à cause de la guerre. Nous avons dû revenir à mi-chemin. C'est pourquoi nous avons pris si peu de temps. Heureusement pour nous, des amis ukrainiens ont découvert notre voyage. Et ils nous ont envoyé les originaux, par l'intermédiaire d'un messager. La poste ils sont aussi horribles,ne me demandez même pas comment ils ont fait, c'est leur secret.

--- Pouvez-vous me donner une adresse de contact, avec votre ami ukrainien ? – Demanda la fille.

--- Je peux rechercher son contact. Quel est ton nom?

--- Mildred. Mildred Bergsson.

--- Ah, Bergsson. Avons-nous un descendant de Bergsson de Constantinople? Mais Bergsson est un patronyme assez répandu en Suède et en Scandinavie. Et où les vikings marchaient, comme Kiiv.

La jeune fille hésita.Elle ne pensais pas que so nom de famille était si courant. Agir par impulsion. Je n'avais pas pensé correctement. Maintenant, elle se sentait comme une idiote.

La Comtesse esquissa un sourire.

--- N'a pas d'importance. C'est Bergsson qui est venu nous honorer aujourd'hui. Monsieur le photographe, Monsieur le journaliste, prenez-la en photo avec nous. Aujourd'hui, elle représente Bergsson de Constantinople.

Le rapport est également apparu sur la photo. Sinon, cela pourrait lui faire du mal dans la salle de rédaction. Politique de bon voisinage.

Le Commissaire Hinca, Benjamin Kostler et Terry Audrey sont également apparus sur des photos de l'événement. Et tout le monde a noté la réaction de la dactylographe.

À la fin de l'événement, Chayse a claqué sa canne au sol.

--- Je vois que nous nous sommes fait un nouvel ami.

--- Que pensez-vous d'elle? – Demanda la Comtesse.

--- Elle cache quelque chose. Son lien avec Bergsson n'est pas seulement par son nom de famille. Elle était haletante, anxieuse, inquiète. Miss Mildred a découvert quelque chose dans le livre qu'elle ne voulait pas nous dire.

--- Elle travaille à «Amsterdam Press». Elle est dactylographe pour un journal et ses collègues masculins la détestent. Je vois déjà à quel point elle est audacieuse.

--- Non. Ce n'est pas un scoop journalistique. C'est personnel. Ce Bergsson, s'il n'est pas apparenté, elle a au moins l'âme, et peut-être un autre lien, avec Bergsson.

XXXXXXXXXXXXXXXXXXXXXXXXXXXXXXXXXXXXXXXXXX

Le lendemain, une enveloppe a été postée à l'Amsterdam Post, avec une coupure de presse de "Amsterdam Press".

Le destinataire a dit:

Naturellement, le personnel de la Maison n'a pas pu expliquer ses contacts avec un groupe de guérilleros, soi-disant morts dans des grottes.

Ainsi, les «Lions» ont été présentés, dans le livre, comme un groupe d'intellectuels en exil, qui ont écrit la Préface.

En Septembre et Octobre 1915, tous les espaces journaux sont réservés la guerre. L'Autriche avait envahi la Serbie, prête à la rayer de la carte. Mais la résistance des Serbes avait été impressionnante: la grande majorité des Néerlandais, ainsi que tous les neutres, étaient pro-Serbies.

Le monde entier a été impressionné par ces paysans,défendant leurs terres et leurs maisons, contre l'un des empires les plus puissants du monde.

A force de guérillas et d'embuscades, les Serbes poussèrent les Autrichiens de défaite en défaite, de souricière en souricière. De plus en plus de troupes devaient être envoyées, plus de villages brûlés, plus de morts et de destructions, mais les Serbes ont résisté. Ils ont fui d'un endroit, pour réapparaître plus tard, dans un autre endroit inattendu.

Et plus ce jeu du chat et de la souris se prolongeait, plus l'opinion publique se retournait contre les agresseurs.

Pour la première fois, la brésilienne autrichienne Sabrina a réalisé la direction que prenait la politique.

En France, c'était tranchée contre tranchée, les deux camps étaient à égalité. En mer, chaque camp prétendait avoir le dessus. Deux menteurs égaux.

En Russie, le Tsar était un tyran, qui asservissait son peuple,et il avait d'abord attaqué l'Allemagne, pensant qu'il prendrait le dessus. De plus, le Tsar et le Kaiser étaient cousins. Farines du même sac.

Mais en Serbie, c'était les gentils contre les méchants. Là, les journaux des neutres ont commencé à prendre parti.

Et l'un des neutres était les États-Unis.

Sabrina ne connaissait pas grand-chose à l'Amérique. Même au cinéma, la plupart des films étaient encore français. Les films américains ont commencé à apparaître en Europe, mais il y en avait encore peu.

Mais elle pouvait voir le Commandant et Chayse se faire passer pour des Américains. Il vit sur les cartes que c'était un pays immense et très puissant.

Il comprit que, tôt ou tard, ils entreraient en guerre, et déséquilibreraient l'équilibre des forces.

Lorsque cela se produirait, ses amis ne seraient plus neutres et ils devraient quitter la Hollande. Ou même la planète Terre.

«Big Ben» Kostler ne l'a pas quitté, pas une seule fois, de toute la nuit.

Le Commissaire Hinca a tout accompagné, ainsi que sa femme. Ils étaient des invités spéciaux à la Maison Arkonak Rhugen.

Au milieu de l'événement, Terry Audrey est apparu, comme s'il était un peu perdu. Kostler feignit la surprise de le voir et le présenta aux Arkonaks en tant que représentant commercial d'une société américaine.

Presque immédiatement, il a approché Kelly et Jill.

Sonja a demandé à Roy.

--- Que pensez-vous de lui?

--- Agent de terrain. Bon tacticien, pas stratège. Il est sorti au grand jour, amené par Kostler, pour aller droit après Jill et Kelly. Je veux dire qu'il est venu détourner notre attention.

Il y eut un silence. Azteca a terminé:

--- Techniquement, il s'agit d'une commande de "Orion". Mais nous avons déjà violé des ordres et puisque nous allons de toute façon en Cour Martiale, j'aimerais entendre toute l'équipe. Si nous acceptons, ce sera avec l'accord de tous. Nous sommes dans le même bateau.

--- Nous apparaîtrons dans les journaux, et serons encore plus exposés.

--- Si quelqu'un d'autre vient nous envahir, on peut dire qu'il nous a vu dans les journaux, et qu'il est venu nous voler notre argent.Beaucoup plus facile que d'expliquer à trois agents du MI6 entrer dans une parfumerie nouvellement ouverte pour chercher un émetteur radio! Ou un espion allemand, à la recherche d'extraterrestres!

--- Le vieux truc d'utiliser des journaux pour se cacher. - Déduit la Comtesse. –Signaler ce qu'ils veulent savoir.

--- "Orion" pense que nous sommes coincés et que nous n'avons aucun moyen de rechercher les meilleurs parfumeurs du monde.Si nous devenons célèbres,avec le livre, ils finiront par venir à nous.

--- La presse va fouiller chacun de nous. – Dit Sonja.

--- "Orion" garantit des réponses à toutes les questions. Et je fais confiance à l'Amiral Sanders. Le stratège en Chef, c'est lui. Mais c'est son idée.J'ai demandé du temps,pour consulter l'équipe. Après Kiiv,nous avons eu du crédit.Maintenant,il nous fait confiance, au moins un peu.

La Comtesse n'était pas très emballée par l'idée.

--- Nous devenons des célébrités de la parfumerie. Je ne sais pas,Roy,c'est trop risqué.

--- Célébrités, en termes. Nous sommes en pleine guerre. Les journaux regorgent d'informations sur les combats. Si on a une note de bas de page, à la centième page, c'est beaucoup.

--- C'est ce qui m'inquiète. Vous sous-estimez grandement ceux qui lisent les notes de bas de page,à la centième page. Réunissons le groupe demain matin au petit déjeuner.

XXXXXXXXXXXXXXXXXXXXXXXXXXXXXXXXXXXXXXXX

La soirée des autographes eut lieu le 1er Octobre 1915, dans une petite librairie.

Un reporter «Amsterdam Press» était présent,accompagné d'un photographe.

Et l'éditeur de «Press» a envoyé une note, promettant au moins une petite photo sur la dernière page.

Quelques amis et clients de la Maison Arkonak Rhugen étaient présents. Parmi eux, Kostler, Hinca et sa femme.

Peu de gens s'y sont intéressés

"TRAHETAT DAE PHERPHUMAREAE"

par Bergsson de Constantinople et le Moine Andrey Drominitj.

Dédié:

Par les "Lions de Kiiv",

Au Monastère de Pechersk Lavra et au Peuple Ukrainien.

"Pour
Ma sœur
Petra Bergsson Stravlov
Stockholm, Suède."

LA FIN